imaginist

想象另一种可能

理
想
国

imaginist

大　　　胆

谈波 著

使 用 了 绿 色

上海三联书店

目　录

听我说说我们如何拍片子的

通过苏遇，我有幸认识了高导。750毫升的啤酒，高导可以喝一打儿不挪地方，烟抽得也凶。每每匆匆地赶来，没落座便摸烟，抽出一根，烟盒捏成个小团轻轻放进烟灰缸。"谈了点事儿，来晚了，自罚三杯！"然后再猛抽苏遇的烟。

高导十五岁立志拍片子，种种客观原因，这个理想至今没能实现。DV带子倒是拍了四五盘，谁也不敢剪。有天晚上在挪亚酒吧，苏遇出去到路边摊买烟，高导对我掏了心窝子。"其实，没事的时候，我们这样坐坐聊聊不也很好吗？"

对此我深表同情和理解，因为本人发誓当作家也不是一年两年了。

平心而论，拍片要比写诗写小说困难得多。"拍片是一项工程。"首先从来就没有一部好的剧本，主要又缺乏资金。优秀的男演员倒是容易找，比如苏遇，合适的女演员却太难求了。好在这些年来高导一直在换，一直在找，没有放过任何一次可能的机会。"女演员是影片的眸子"，凑合不得。其实，我倒觉得，如果硬是要拍要剪的话也未必不可行，只不过高导一般总喜欢把开工的日期定在明天。除了女演员试戏安排到今天今晚，其他的事情统统明天。永远是明天。为了挨过今天至明天的这段荒凉时光，高导只好喝酒、上网、看碟。动情之处他还爱流眼泪。"我哭了，我像个娃娃似的哭了。"

有一次，苏遇甚为不解地问我："《可可的西里》恁鸡巴假，有什么可哭的啊？"

大上个月，高导三十五岁生日过完没有几天，看法斯宾德的时候，眼睛突然瞎了。原本只是暂时性失明，可高导想到自己这么大一导演，竟然一部片子没有拍成，不免悲从中来，涕泗滂沱，害得眼睛彻底地无可救药地器质性地瞎了。我把高导的故事讲给一位朋友听，朋友纠正我，说此人根本就不能算作导演，现在和将来都不能算。我不同意这种看法，眼睛瞎了未必就拍不出电影来，这也是我和苏遇去医院探望高导时所达成的共识。那时候高导已经冷静下来了。为了让关心他的朋友不过分伤感，他一上来便问我们一些戛纳颁奖的情况，"怎么样啊，电视上小帅紧张不紧张？圆圆穿啥颜色的裙子？"温柔性情，依然不改。

我们决定等高导出了院就开机。我写剧本，苏遇饰演成年男主人公，女主人公由我和苏遇预审，高导拍板（起

初他曾提议起用盲校的女盲生，苏遇强烈反对，我则宁可
把盲女修改复明了）。"这将是中国第一部由盲人执导的片
子！"已经稳拿到手了一个第一的高导并不满足，他拉起
我的手（其实他想拉的是苏遇的手），"宏伟脱了，仅仅是
个侧面。你来个正面。我给定格五秒。然后一只纤细白嫩
的手伸过来……"由于苏遇和我对诸如机位了调度了一窍
不通，高导最终妥协，同意聘用一位助理导演，无片酬，
包食宿，欢迎热爱做片子又没有做过片子的朋友积极参与，
特别是影视院校在校大学生。八月开机，暑假结束前封镜，
有愿意者在此跟帖即可（谁说小说里没有绝对的真实，这
条信息就是绝对真实的绝对真实）。南京的张浩民张导张
老师若能屈尊就驾光临指导，本人将感激涕零。限于剧组
的经济条件，接待水准比照助理导演待遇，并报销单程车费。

　　影像将围绕一座老旧的电影院展开。那种老电影院，
甘井子测绘大队院里有一座，已经废弃多年了（其实石灰
石矿的那座最合适，可惜今年春天修路时给拆掉了）。我
本人在这个部队院长大，找人联系不难。

　　影院座椅是那种光滑的，带弧度的九合板。黑暗中，
四只小手把座位一个一个放下来，两条腿跑向另一头，站
下，转身（注意，到此一直是静音的），然后突然往回跑，
边跑边把座椅一个个折上去，一连串噼噼啪啪的响声在空
旷的影院里回荡，过了一会儿，同时响起一个小女孩银铃
般的笑声。她是个盲童，部队首长的女儿，平常放电影的

时候，她一个人在家郁闷……警卫排的战士用腰带驱赶大院外面拥来的老百姓家孩子。没票的男孩摩挲着影院外墙壁徘徊。影院里面战士们的赛歌声："二排的战士来一个，要不要啊？""要！"要不要的问题问到报话连的女兵，同样是响亮的齐声回答："要！"电影开演之前的三遍铃声。传送拷贝的摩托车。与盲女孩巧遇相识以后，小男孩跟盲女孩达成协议，她送电影票给他看电影，第二天，他领她来电影院，把电影讲给她听——"女孩必须特别漂亮"，这一点决不能动摇。高导的标准是《单车》的圆圆，我希望她长得像学生时代的徐静蕾，苏遇则津津乐道儿童时期的玛丽莲·梦露。苏老师补充说，一定要儿童时期的，因为玛丽莲老师非常早熟的。

王欣荣

　　刷车班只有一名男性，其余都是老娘儿们。班长也是个老娘儿们。干活的时候，她们上下裹得严实，不露一丝皮肤。五冬六夏这个样子。槽车两人一辆，算不了什么。油罐才是大骨头。黏度大的，先加热，再铲子铲，刮刀刮。加热管跟加热管之间，趴下身子，一点儿一点儿地抠。班里唯一的男性，大小子，推大桶的力工兼安全员，高声提醒姊妹们佩戴好长袖手套，烫伤了还得扣奖金。遇到怪味道的，辣眼睛的，她们分成三到四组轮番上阵。大小子喊："十分了！"里头的拼命从人孔往外钻，爬起来就掏大小子的裆，呜噜着："昧良心，二十分钟有了！"她们甩掉手套，摘下口罩，猛喘几大口。"媳妇了媳妇了"，有人学大小子说话大舌头。开始笑。被轮到的下一组，咬牙根点着大小子的额头警告。"哗——"出来的姐妹脱下长鞋，倒出汗水。

　　班长王向荣，四十五岁，离婚，一人带孩子过了十好

几年了。男孩读重点高中，成绩没掉下前三名。丈夫是王
向荣同一个青年点的知青，回城考大学，分到精神病医院
当医生，跟一位护士好上后就把她蹬了。挺长一段时间，
王向荣最津津乐道婆婆的好处。婆婆只认她，根本不让那
个护士进门。现在她的话很少，专心干活。

　　刷车班另一个离婚没有再婚的叫王欣荣，比班长小十
来岁。有人喊电话，总是她先跳起来。找王欣荣的比找王
向荣的要多。王欣荣挂在嘴边的是她的前夫刘家柱。姐妹
们无论聊到什么，都能让她联系到刘家柱。那热情劲，看
不出他们离婚三年了。尖尖的嗓门儿盖过对方，"不对，
你们说得都不对。刘家柱经常醉酒弄事情，生出我们儿子
还不照样聪明？""刚割完痔疮，大夫嘱咐不让弄不让弄，
到了晚上他偏不听。刘家柱疼得啊，直叫唤。""孝顺，可
孝顺了，刘家柱他妈放个屁都是香的。"终有一天姐妹们
见到了刘家柱，魁梧的身板立在大解放的最后边。王欣荣
自作多情地猛摆手。但人家似乎并没有往她们这边瞧。大
解放载着一脸疲惫的建筑工们扬长而去。不久后油罐完工，
刘家柱转移到别的工地。王欣荣也不用站到道边上等着望
上一眼了。

　　王欣荣越来越疯癫。遇到盖小庙，她第一个扑上去，
齐心协力，把本想到老娘儿们堆占便宜的随便哪一个倒霉
蛋撂倒。裤子扒下来了，只有她真揪真拽。调车工反映，
有人在油罐后面蹲着尿尿。而厕所就在附近不远。调车工

都是些身手敏捷的小伙子，下班后稍一收拾，锃明瓦亮。工作间歇，他们爱躲到油罐的后面抽烟，用同龄人才听得懂的双关语说笑。他们讨厌这样不讲究的老娘儿们，非常讨厌。姐妹中有善解人意的，感觉王欣荣很亏，就介绍一个舞伴给她。在被称作穷鬼大乐园的黑暗舞池里，舞伴腰板笔直，笑容可掬，厚嘴唇呼出的热气顺着她的脖颈直往奶头上吹。扶着她腰的手指不止一次溜到她两瓣屁股的夹缝部位，她感到自己马上要叫出声来，那两根手指又悄悄移开。第二天，他电话约她下班后去他家，她立马答应了。一个乱糟糟的家。他上来就捏她的奶子，并抓过她的一只手，往他裤衩里放。她提醒门是不是没关。他一松手，她跑了出去，一直跑到大街上，风一吹，眼泪是热的。硬邦邦的男人站在窗子上骂："骚逼，夹着吧！"

离婚后这三年，王欣荣并没有中断性生活。刘家柱平均一个月来看一次孩子，少不了要弄弄。姐妹们骂她没出息："让谁弄不行，非让他弄！"王欣荣辩解："每回他都带钱来的。"最近刘家柱来得少了。来了也不弄，留下点钱物就走。王欣荣炒了刘家柱最爱吃的尖椒鸟贝，换了青岛啤酒等着。刘家柱冷不丁告诉她他要结婚了。以前刘家柱也处过几个对象（他很愿意跟王欣荣唠这方面的事），但没一个能让他认真起来的。这个不同，他准备娶她。刘家柱问："你什么时候嫁？""等你结完。"

姐妹们都说刘家柱新找的对象长相不如她王欣荣。那女的大家认识，干过电工，住在宿舍二区，去年离的，没生过小孩。王欣荣客观地回答："她皮肤没有我白，但条儿比我强。刘家柱以前就说，他喜欢条儿好的。"

　　八月的第二个星期天来到，姐妹们听王欣荣念叨这个日子都腻烦了，暗地里替她数着呢。偏偏这天要对付一万立的大家伙。换衣室里，她们一面扎腰带套皮靴，一面观察王欣荣。见她始终没事人一样，有人就揭开伤疤撒了把盐，"王欣荣，你没去参加刘家柱的婚礼呀？"说完恨不得把舌头咬破。因为王欣荣一下子趴到了桌子上，号啕大哭。姐妹们蹑手蹑脚从她身边绕过。班长王向荣最后一个离开，她俯在王欣荣的耳边，劝她别想那么多，想多了没有用。

　　一列只露双眼的怪异娘子军，扛着耙子，拎着抹布，在尚未正式发威的骄阳斜下方，浩浩荡荡地行进着。一万立的油罐至少得刷三天。下午王欣荣说什么也得进罐干活，都是出力气挣钱的，谁照顾得了谁？

石 蜡

　　李国芝在一班，王红在三班，两人不说话有五年了。
这天晚上，王红到一班替班。石蜡车间女工干的都是包装
活儿，两个人一对儿，三对儿一组，蜡块一落进编织袋，
她们快速拖到一旁，用麻袋针锁口。锁好口的蜡袋子再由
男工抬到指定的库位，码起老高。正是这些来不及运走的
蜡垛，在宽敞的库房里搭建出了大小不一的"暗堡密室"。
不止一人煞有介事地宣称，曾在里面发现过灌满了浆的避
孕套。"歇了！"班长打上循环，工友们一哄而散。

　　拖鞋起开一瓶别人的高粱大曲，用饭盒盖儿分着给大
伙儿喝。姐妹们结着伴去厕所。躲避着躲避着，李国芝和
王红落到了最后边。开铲车的韩文科嘻嘻哈哈堵住李国芝。
王红怕沾边儿赖着似的直往后缩，反倒引起韩文科的注意，
索性一块儿抱了，推推搡搡，进了一间"密室"。

　　李国芝一反常态，打了韩文科一巴掌。王红更不想跟
他们纠缠。工友们围了过来。

"盖了他！盖了他！"

看眼的不怕乱子大，拖鞋爬到蜡垛的顶上。

"两个人撅不断你这根瘦马杆？"

韩文科嬉皮笑脸，贴着身往王红屁股上蹭。李国芝火更大了。

她咬韩文科的手，蹲下去抱起他的一条腿。王红不得不积极响应，因为韩文科只有搂紧她才避免摔倒。撕扯了半天。谁在背后使了一绊子，韩文科的脑袋卡在了两垛蜡的夹缝中。李国芝骑上他的胸脯。王红按他的脚。

有人担心棚顶的灯光太暗，影响效果："加盏灯，加盏灯！"

电工小苏跑着拉过来一盏灯，交给了高处的拖鞋。

成型机那边儿，劳模刘姥姥在默默奉献，闪亮的麻袋针上下翻飞，像武林人士夜练匕首。

韩文科的腰带被抽了出来，传来传去，传到拖鞋。拖鞋一甩手，抛到了天棚横梁上。黑乎乎的一堆暴露了。李国芝一把揪到根。霎时人群收声散去，高文东来了。炼钢厂的汉子抱着膀站在那儿，两只眼睛通红。

显然，他已经站了好一会儿了。

高文东仍然没有动韩文科，更没有理睬李国芝（他原本是来找她拿家里钥匙的）。他开始旁若无人地脱衣服，慢慢脱得溜光，众目睽睽之下，挺着长枪，一步一步，朝王红走过去。王红不躲不闪，红着脸喘气。韩文科提着裤子打冷战。李国芝呆呆地立着，没做解释，也没有上前阻拦。

事后高文东李国芝就离了。不久王红也跟自己的新婚丈夫离了，她要嫁给高文东。李国芝问高文东："终于称心了？"高文东同李国芝搞对象之前追求的是王红，结婚以后，每当李国芝心情好或心情不好，总爱拿这事敲打高文东。高文东都是美滋滋地傻乐。这回他哭着离开了："妈了个逼，谁让你那么发贱的来着！"

后来李国芝嫁了一个工商局的干部，工作也调了，转年生了个女儿，长得跟妈妈一样漂亮。女儿高考考试的第二天，在学校操场上，李国芝碰到了同样在等候女儿的王红。她们十多年没有见面了，说不清是种什么感觉，一瞬间，李国芝想，如果她过来打招呼，我就跟她说话。

同学会上的刘爱华

可能只有老师能够叫得出每一位同学的名字。唱《同桌的你》把男同桌唱哭了。三个、五个抱在一起跳舞。刘爱华，相貌平平，下岗，孩子弱智，没有手机，不会搞传销，经常挨丈夫的打。她坐下来就没有挪动地方，嗑着瓜子，保持微笑，等待着插话的机会。终于说出句什么，对方还没有听见。

王保东实在看不下去了，拉着李兵过去跟她干杯。

"谁领来的？"李兵说。

刘爱华把可乐换成啤酒，喝完了继续微笑。

王保东顺口问："金彩什么时候回来？"

他刚才听到有人说金彩五一回国。这天晚上，出现频率较高的人名当中就有金彩。小学时当过班长。校花。移民加拿大。

刘爱华回答："我们大前天通电话了，她可能五一回来。我们经常通电话。"

李兵说："国际长途很贵的。"

"总是她打给我。"

李兵走开。

刘爱华对王保东强调，她跟金彩的友谊保持至今。

四月他们又聚。中学毕业，快二十年，三十几张已经发福变形的脸蛋儿再次凑在一块儿。多了金彩，少了刘爱华。王保东不能不跟金彩提到刘爱华。金彩激动得直拍巴掌。小学她们特别要好。初中金彩进快班，刘爱华留慢班，来往少了。大学时，金彩收到公交车售票员刘爱华好多封信，她一封没有回，最终彻底失去了联系。李兵撇嘴苦笑。有人环顾四周，这才得知刘爱华住院了。第二天，十几个同学一同去探望。他们买了鲜花和果篮。金彩临时有事没有去成。

刘爱华断了一根肋骨，尿血。近两年她丈夫已经不打她脸了。她躺在病床上，面带微笑。渐渐她控制不住。她从来都认为没有比同学间的友情更纯洁、更珍贵的情感了！她告诉同学们，金彩从加拿大打来电话，她没有告知实情，怕朋友难过！

女同学掉眼泪了。男同学到走廊上抽烟，决定凑些钱。一向刻薄的李兵也没有二话。

刘爱华不收。王保东给压到了床头柜上的茶杯下面。好好养病，五一金彩回来我们再聚。

王保东把这件事告诉金彩，令她羞愧难当。她开始给刘爱华打电话，并尽量做得巧妙，以便自然而然地过渡到

"经常通电话"。她告诉刘爱华，五一一定回去找她。

刘爱华很快出院了，在同学的帮助下，找了份还算不错的工作。蹲过监狱的丈夫对她也另眼相看。是不是"海外"来的电话，家伙都先说一声"你好"，而不再是"你找谁"。"怎么回事？"金彩甚至都说，听声音他不像传言中的那么混蛋。

五一节的聚会上（几大节日已分别被几位成功人士承包了，并扬言要形成制度），刘爱华坐在金彩身边，递烟倒茶，逐个打招呼。完后总要看金彩一眼，幸福劲儿溢于言表。王保东回想起来，小学时刘爱华就这么围着金彩转，她从来都不掩饰，有金彩跟她做朋友实在是她的福气。遇到调皮男孩招惹金彩，她会挺身而出，甚至不惜动用拳脚（个子矮小的李兵就曾经被她摔倒过）。但刘爱华最厉害的一招是讲故事，她一开口，男孩子们就都安静了下来。三年级的时候，班级乘车去上沟大队学劳动，刘爱华坐在苹果树下讲了一个故事，王保东记忆犹新。那是件真事，一个小伙子把好几个大姑娘分别骗到家里，睡过觉之后杀掉，尸首扔进事先挖好的地窖里。地窖的入口藏在厨房的水缸下面。小伙子领来最后一个大姑娘是个机灵的大姑娘，铺被子的时候，发现了那把杀人用的长刀。

刘爱华讲道："小伙子说，'咱们睡觉吧。'"

坐在刘爱华旁边的金彩赶快解释说："人家是大人了，可以一块儿睡觉。"

其实完全多余，因为没有人在意睡觉这个词另有含义。孩子们完全被杀完人再把尸首扔进地窖里这个事实吓坏了。至于小伙子骗了大姑娘的什么，怎么骗的，统统不为他们所关心。可是，虽然不解其中奥妙，王保东仍然把这最动人的一幕和最紧张的一幕一同抓取了下来，而且随着时间的推移，越来越清晰地表明，金彩慌里慌张的脸红才是令他念念不忘的真正缘由。

因为被打断，刘爱华看了看金彩。不过显然她并不明白金彩什么意思，转过头来继续道："大姑娘说，'你先脱吧。'小伙子说，'好。'他穿了一件黑色毛衣。"

为了让大家有个更直观的认识，刘爱华边讲边模拟小伙子脱毛衣的动作。这样，他就挡住了眼睛，大姑娘抽出刀，扎进了小伙子的肚子。

段子一个接一个，大家开怀大笑，仿佛这是毕业前老师留的作业，终于等到交卷的时候了。同学会的主题永远离不开分享纯洁友谊和感慨时光流逝。十一少了两个人，金彩回加拿大，刘爱华进了精神病院。岂止刘爱华不能接受，同学们也认为金彩做得过分，她可以跟刘爱华的丈夫上床，却不该让刘爱华撞见。

李兵刺激王保东："你不是第一个，第二个也排不上，她回来以后就没闲着，加上刘爱华的丈夫，你是第五个！"

李兵的声音里不全是嫉妒，还有愤慨，因为王保东只顾喝酒，不做反应。

三彪子

一上来他就说他哭毁了。"昨天下午，我哭毁了！"挂断电话之前他又重复了一遍。

第二天清早，他来接我的时候，我掏出一百元。

"少了点么？"

"够意思了，你跟他又不是很熟。"

"那就凑个份子给他老婆吧。"

"他老婆来不来还不一定。买个花圈，最大的。"他接着说，"有预感似的，上个星期，星期六中午，他就像你这么坐着，'国健啊，等我死了，你一定要送我个大花圈。'我说好，就送你个最大的。唉，我哭毁了。"

"吓一跳，还以为你家里出什么事了。"

"我爸爸死了我也没这么哭过。成天在一起玩，让人接受不了。"

亲属那边，三彪子的老婆不但来了，哭得还挺伤心。三彪子的女儿，一个胖胖的小学生（看脸盘便知道她是谁的女儿），嘟嘟着嘴不声响。

跑前跑后忙活的，是三彪子的大哥。

我们几个麻友算一拨，凑在一边长吁短叹。

另一拨我不认识。个个大块头，目光四处扫着，非要在人堆里寻找出个什么人不可似的。

送别仪式结束，他们过来跟三彪子的大哥握手，其中一个拿出两个纸袋，分别递给了三彪子的大哥和三彪子的老婆。三彪子的大哥留吃饭留不住。他们钻进自己开来的车子消失了。

据说，给三彪子老婆的纸袋较为可观。那是他们动用正常手段（对他们来说），从肇事司机的单位争取来的抚恤金。另一个则是哥儿几个的一点心意，丧事由三彪子的大哥张罗，所以就给了他。

三彪子再潦倒无能，却也曾是他们当中一员。

这关系到他们的荣誉。

"就那个，站在车边上一个劲打哈欠的，戴墨镜的那个，小安子。他闯进经理办公室，摘下墨镜，掏出尖刀，一挑，一剜，眼球吧嗒掉到了老板台上。牛逼哄哄的经理立马瘫歪了。三彪子老婆闹了两天没有结果的事两分钟就妥。小安子拾起眼球，吹了吹，摁了回去。"

我是在国健那里认识三彪子的。此无业游民成天围着国健转，蹭顿酒洗个澡，不开工资。

我们打麻将的时候，他添茶倒水，有人上厕所了，他赶紧坐下摸一把。

但我从来没有听他背后非议过谁。嘴巴非常紧。

烧一炉得两个小时左右。我们站在院子里等待老三变成灰。

一个长着白种人面孔的人走过来，他说："来这地方实在受教育啊！"

他的话引来强烈反响：

"是啊是啊，想一想，人，没有什么意思！"

"老三是幸运的，这么多朋友来送他。我们的下场是养老院。"

"好好活着吧。"

"应当有信仰。"

"操！不行就安乐死。"

白种人是三彪子的邻居。去年春天，他来这里送走了三彪子的母亲。

国健递给他一支烟。

他说："老三实心眼儿，从小就是，替别人挨老了揍了。我还不知道么？他老太太最疼的就是他。跟老三一块玩那帮人，都混出了头。灰溜溜的呀！老太太没了的时候，怎么找也找不到他。马上就要推走，他来了。那个样，脏兮兮的，可能好几宿没睡觉，眼睛都睁不大开。他来了，也不说话，推开殡仪工，贴脸抱起了老太太。"

"干什么？"

"他亲手把老太太送进了炉膛。"

于大头

二十二日傍晚出门，二十五日深夜回家，先在桑拿，后在饭店，饭店换了两家，打呀，打。

半夜，东去了卫生间。西南北把牌摆好了，等着东。

一个声音，嘲弄的口吻，每个人都听到了。

东回来："什么？"

"不是你说的吗？"西南北问他。

那个声音："瞧瞧，你们这是在瞎忙活什么呀？"

回家后，稀里糊涂睡了一两个小时就再也睡不着了，起来上网转了半天，然后去了付家庄。海上浪大，无法躺着休息，游了半个小时就上岸，坐在沙滩上，啃了一穗烤苞米，抽了两根烟，欣赏了几眼俄罗斯姑娘半遮半露的乳房。其实，坐在沙滩上，最先入眼的是她们的腰臀部，看乳房得仰起脖子，不太得劲。

这几天里脖子已经很不得劲了。

打麻将的当中有位叫于大头的，曾是个传奇人物。玩这种小局，说明他确实落魄了。为了十块钱算呀算的，让人心酸。吃饭的时候，于大头接了个电话，是另一个传奇人物打来的，工兵。听到这个绰号，在座的均表示出了不同程度的震惊。

谁问了一句："你不是跟工兵动过手吗，能讲一讲吗？"

"过去那么些年了，有什么好讲的。"

夸夸其谈是大小混混的共性。很快于大头忍不住了。三位听众也由此分成了两派。一派认为于大头算是彻底完蛋了。一派认为他终将东山再起。

于混混腾地站了起来："工兵眨巴眨巴眼问我，'朋友，你认识不认识袁青？'兄弟说，'认识。'他问，'关系怎么样？'兄弟说，'一般。'他说，'妈了个逼一般，哥哥是袁青的保镖。'说完啤酒瓶子就砸了过来，工兵的两个手下，其中一个是他的表弟，也跟着动了手。下雨一样啊！一箱子酒瓶，一会儿工夫就只剩下工兵的表弟手里的一只了。兄弟怎么样？棍儿一样笔直。工兵的表弟举着瓶子喊，'跪下！'兄弟哈哈大笑。兄弟笑的时候，感觉头顶上的窟窿在一股一股地往外冒泡。但是兄弟继续大笑不已。兄弟的身上，地上，全是血和玻璃碴子。工兵的表弟撑不住了，把瓶子一丢，捂着脸蹲在了地上，'哥，给他包上吧！'"

多少次发誓不打了不打了，可白天睡足后，晚上又去打。不过这次没有打通宵。也没再见到于大头。在付家庄游泳时，当然地再次想起于大头的那次三山岛之行。

三山岛在大连挺出名的，总有人在岸边上瞅它，有的还会对着它指指点点。

于大头过生日，牟炎弄了一条船，把酒桌上的于大头悄悄接走。他要把好朋友的生日安排到三山岛上过。同行的还有牟炎的另一个朋友工兵，以及工兵的两个手下。其中一个跟工兵是表亲。五个人把小舢板撑得满满的。开动马达后，牟炎兴冲冲地告诉他的朋友们，今晚上有大风，明天早点起来捡海参。于大头跟工兵第一次见面，以前只是彼此耳闻，没有见面。

三山岛看起来很近，但小船靠岸还是用了较长的时间。软绵绵的海面不但在随时改变着航程，也混乱了乘船人的时间感。喝酒，吃最新鲜的海鲜，吹牛，够意思，如此等等。工兵一伙用啤酒瓶子砸于大头的时候，天已经完全黑了。牟炎醉倒在月光里人事不省。工兵的表弟蹲在地上。风下来了。海水开始大动作地晃荡。笑声戛然而止，于大头照准工兵表弟兜头一脚，抄起酒瓶，骑上去砸呀扎呀。自己左手的中指也被割断。工兵则扑在于大头的身上，叫得不是人的动静了。

终于牟炎被吵醒，肉搏结束。不马上离开岛子的话，于大头和工兵的表弟都将玩完。牟炎用两条裤子分别把两人的头包扎上。浪越来越高。小船随时可能翻个底朝天。工兵的另一个手下主动要求留岛。牟炎把工兵和他的表弟安排到船头，于大头在船尾。牟炎一手驾船，一手用一根旧鱼叉指着咬牙切齿的工兵，两只脚则死死踩住于大头。他有言在先，谁敢在船上动手就把谁叉海里喂海参。二十岁的船老大从来没在如此恶劣的天气中行过船。一个浪头掀起，就是一面大坡，有那么几次，爬着爬着就滑了下来。"把稳了舵，重新爬，兄弟。"

硬 汉

"看哎，硬汉来了。"胡调度说。胡调度站在窗前，从这里能看到办公院的大门。

夏调度从椅子上站起，走到胡调度身旁。院子里停着一辆报废的奥迪，没见人影。

"进楼了，已经进来了。"

胡调度把茶杯加满。夏调度边踱步边搓手，嘎嘎嘎地笑。

比预计的时间多等了好久，才等到敲门。临时工又瘦又小，四十多岁，面色灰暗，小心翼翼，保持着一种随时可以退回去的姿势，直到夏调度硬把他按到长条沙发上。"请坐，笑星，想死我们了！"夏调度说。

嘎吱，硬汉被吞没。沙发是秘书科淘汰给调度室的，弹簧已经软得掉了底儿。来调度室办事多数是给老板跑腿的临时工，他们更喜欢站着。前年国庆，政府安置了一批双下（夫妻双双下岗）家庭中的男下，硬汉便分到这份美差，往返于各个关卡，取单子送单子。其实关系上头早已打通，只要他们跑跑腿赔赔笑脸。

调度室算是个比较容易通过的卡子。胡调度和夏调度说普通话，极少骂娘，并且同情弱者。两人常常送东西给临时工，水鞋啦、劳保茶啦什么的，还有手电筒。硬汉非常硬。给他时间，让他镇静下来，硬汉能说出绝对爆笑的段子。夏调度特别喜欢听他讲段子。胡调度则比较关心硬汉的心脏。

"疼吗？"

"闷。喘不上气。浑身一点劲儿使不上。有一次我想，就这么过去算了！我躺着，过去也就过去了，甜蜜蜜的。后来我想到孩子，不能死，还得活。我才含了片药。"

"你真该去医院彻底治治。"

"把钱给那些屠夫？"

胡调度拍手称快。这些年来，方方面面的压力，胡调度感觉自己的心脏也出了问题，去过多家医院，但都没有检查出来。他在怀疑自己心脏的同时也怀疑医院，憎恨大夫。他称大夫为屠夫。他的父母都死在医院里。积蓄榨干，正好断气。

"我游泳，"硬汉说，"每天早上，我去蟹子湾游一圈。能顶上大半天。"

胡调度说："冬泳对身体有十大好处。报纸上刊过。我很想冬游，可不敢，太凉了。不凉吗？"

"开头也犹豫，后来一咬牙，就下去了！什么事都得咬牙。一咬牙，水泥地也拱得进去。"

"撞晕了吧？"夏调度说，"可别把小鸡鸡蛋冻坏。像宋磕巴那样，老婆只好跑外打野食。"

胡调度说："宋磕巴冬泳吗？瞎扯了。呵呵，非鸡鸡蛋坏了。他老婆瘾大。"

宋磕巴跟硬汉服务同一个公司，硬汉休息，宋磕巴顶替。宋磕巴给调度室带来的欢笑不比硬汉的段子少。尽管他一句完整的话不讲。宋磕巴的叙述方式是一种寻求合作的开放方式，自己用"啊啊啊"开个头，对方无法忍受，就得替他说出来。来回反复，直到正中他下怀。若是对方理解有误，他啊啊地简直要把自己吞掉。一旦回答正确，那种放松，那个笑容，美不可言。两位调度经常逗他，命令必须就某一个问题立刻向公司核实。这时候你再看吧，他手持电话，面红耳赤，啊啊啊啊，屋里有多少人都得捂着肚子破门而逃。老板用这样的人搞基层外交，不是没有他们的想法吧。

"宋磕巴替了你一个星期。听说你又晕倒了？"

"差不多。轰隆一声，但我没倒。老婆走了。没素质的东西，撇下了我和孩子。"

"怎么？"

"跟人合伙做点小买卖。让人骗了，都是借的钱，窝囊，想不开，就上了吊。"

他往脖子上一比画："咔!"一只眼睛往上翻,一只眼睛往下翻。

这是专门献给夏调度的。前面只顾爱好悲剧的胡调度,冷落了爱好喜剧的夏调度,硬汉的心脏感到不安。

班车站

老头儿用探询的目光看着经过他身旁的人。

我不敢看他。我怕他误以为我要理发。

白胖娘儿们抢先坐在了高椅子上。它是专为客人准备的，这样老头儿就省得弯腰了。老头儿是个大个子。老头儿另有一把普通的椅子自己坐。老头儿站起身。

"坐吧，"他又专门对坐在高椅子上的白胖娘儿们说，"坐吧。"

好像不这样表态，人家会从椅子上起来似的。

他转回身，对已经坐在了普通椅子上的黑胖娘儿们说："坐，坐吧。"

老头儿的脸总在微笑，露着唯一的一颗门牙。

我站在离他们有三四米远的地方抽烟。

白胖娘儿们挺起腰，把两条腿伸直了，仰泳状上下踢脚。

黑胖娘儿们批评她："你一会儿工夫也不能老实，把暖瓶踢了，这可是古董，赔得起吗？"

"没事，"老头儿说，"没事。"

老头儿弯腰把暖瓶挪得远了一点。一把红色旧暖瓶，装满凉水。冬天装温水。旁边一块花边包袱皮，上面摆着毛刷、剃子和梳子。

白胖娘儿们说："我把它摔了听响都没事。"

黑胖娘儿们说："你长得漂亮！"

白胖娘儿们咯咯咯笑起来，脆得像铃铛："我就漂亮，我就美。不信你问，我摔碎了都没事，你问！"

黑胖娘儿们说："真的吗，老爷子？"

"什么？"老头儿说。

"她要摔你的暖瓶。"黑胖娘儿们说。

"别摔，"老头儿说，"别摔。"

黑胖娘儿们说："看，老爷子不让你摔。"

白胖娘儿们说："老爷子，我把它摔了你不会让我赔吧？"

"别摔，别摔。"老头儿说。

白胖娘儿们从椅子上起来，抄起暖瓶："我现在就把它摔了。"

黑胖娘儿们说："摔，摔呀。"

白胖娘儿们瞪圆了眼睛："老爷子，我摔了？"

老头儿说："好好的一个暖瓶。"

白胖娘儿们说："我给你买一新的。"

黑胖娘儿们说："那可不算啊，买新的谁不能摔？不是说老爷子不用你赔吗？"

白胖娘儿们说："老爷子，说真格的，我摔了你让不让我赔？"

老头儿说："别摔。"

黑胖娘儿们发现了什么："哎，等一等，张什么武，"她艰难地读着暖瓶上的字，"什么什么香，结婚志喜，一九……原来是老爷子的念物啊，怪不得。"

"张成武，刘桂香，"老头儿说，"一九五六年，你们，都没出生呢。"

黑胖娘儿们说："可不是么，她七一年。"

白胖娘儿们放下暖瓶，白了黑胖娘儿们一眼："别看她长得老，才七二年的。"

黑胖娘儿们也白了白胖娘儿们一眼："谁长得老？咱俩谁老？老爷子，你说我俩谁老？"

老头儿望望白胖娘儿们，又望望黑胖娘儿们。

俩胖娘儿们把脸做舒展了，等待裁决。

老头儿望着白胖娘儿们，小声说："你，长得，像刘桂香。"

班车进站，两位胖娘儿们紧跟在我身后上了车，坐到了我的前排。我习惯了坐最后一排座。

班车缓缓驶过信号灯，拐了个九十度的弯，上了五一广场立交桥。

黑胖娘儿们说："他老伴走了多少年了？十年还是二十年？"

白胖娘儿们说："二十年。"

"老爷子挺重感情的，唉，"黑胖娘儿们说，"他看你的眼神很特别呀。"

白胖娘儿们说："别说了，再说我都要淌眼泪了。老爷子是个好人。"

黑胖娘儿们说："他说你长得像他老伴。"

白胖娘儿们说："我也是第一次听说。"

黑胖娘儿们把嘴巴附在白胖娘儿们的耳朵上，可我还是听到了。

黑胖娘儿们恶作剧状："哪天你跟他睡一觉吧。"然后迅速缩回身子，两只胳膊护着脸。

白胖娘儿们根本没有打黑胖娘儿们的意思，她非常严肃："嗯，不好说，我告诉你，这可真的不好说，我做事全凭感觉，你又不是不知道。"

白胖娘儿们离过两次婚，分别跟两位前夫各生了一个儿子。她的两位前夫，也是我们单位的。再坦白一点说吧，这都无所谓了，我是她的第二个男朋友（她的第一个男友是她的高中同学），我们分手不久，她就结了婚，同月我也结了婚，那年她二十二岁，我二十九岁。

她俩后面讲些什么我已不想再听。到达单位还有四十分钟的路程，我要闭目休息。

楼下开小铺的

楼下开小铺的，我们这样称呼她。

她青年守寡，带着一个傻儿子过。她家原住四层，为了开小卖铺换到了一层。天不亮的时候，她一个人蹬着三轮车去大菜市进货，坚持到半夜关门闭店。偶尔能听到她咒骂儿子。

她的儿子不到三十岁，白白胖胖，眯缝着眼看人，骂起自己妈来瓮声瓮气的："操你妈！"

自从昆明街的乐购开业，小铺的生意损失了一半。大米、鸡蛋、豆腐、牛奶、水果蔬菜都没法卖了。

乐购刚开的时候，她站在小铺外面，见谁都亲热地打招呼，恨不得把大家都拦下来。

乐购每天都有特价货物推出，吸引老头老太太早早地去排队。后来她也去排队。情况越来越不妙，一种二十四小时营业的小型超市，正以最快的速度往街道的各个角落推进着。不久，在距离她的小铺二十米的地方开张了一家快客。

快客的东西不见得有多便宜，但是明亮卫生，质量相对有保证。报纸上经常刊登伪劣食品吃坏人，指的就是她这种小卖铺。我老婆就经常严厉地告诫儿子，不要买小铺的小食品。

楼下开小铺的开始因为鸡毛蒜皮跟邻居打仗，弄得大家避之不及。有时候打完了仗，她会站在街当中号啕大哭："不是为了这傻小子，早一蹬腿心事全没了。"

"操你妈！"

这是傻小子不变的回答。

那天我正要上楼，她拦住了我：

"上回的两块钱，有零的就还了吧，时间长了记不住。"

我最怕欠人钱了，赶快道歉，掏出来给她。

回到家，老婆问我作文打出来没有，儿子明天朗诵用的。家里没有打印机，我答应过在单位打印。

我说哎呀呀对不起又忘了，记忆力明显在衰退，连着刚才欠钱的事，怎么想也想不起来了。

老婆说："她脑子有病！那天跟我要啤酒瓶子，咱什么时候换过啤酒？"

"别这么说，也许就换过呢。"

"滚，我看你病得也不轻。"

老婆去年入市炒股，赔了一半，这段时间股市好转，唯独她手里头的股票纹丝不动。

我劝她："想开一点，可别像楼下开小铺的。"

停了一会儿，老婆说："我能赶上她还好了呢。"

在豆腐宴进早餐

那天下夜班，我去豆腐宴吃早餐。我要了一个大碗豆腐脑，四根油条，外加一碟凉拌小菜。

服务员端上来，我却吃不下去了。

从我这个角度，正好看到餐厅全景，刚进来时，我只注意到客满，这会儿看得清楚，客人清一色全是女性，而且动作比正常人慢了半拍，甚至一拍。

这是因为她们年纪很大了，一位位都得六十以上。并且我很快得知，其中一位已经八十岁整，等于我年龄的三点二倍。

八十岁女士那一桌最具活力，这活力来自于陪伴她的一位中年保姆。保姆向邻桌说："八十了，八十整了。只有叫'护士长'她才知道叫她。不认人了，谁都不认识了。"她转向护士长，问她："我是谁？"护士长笑着回答："我管你是谁！一会儿我哥就来接我。"保姆说："她总说她哥来接她，她哥上山已经十多年了。"我旁边一桌，两位节拍稍快一点的女士相视一笑。"忘了吗？""那能忘吗？""当年我们刚参加工作，她可凶了。""我说的不是这个，我说那个，她跟那个谁，你忘了？""跟谁？我还真忘了，外二科的胡主任吧？""不对，跟楼角的清洁工。"

　　我反应过来，这是某医院的退休人员，在对过的妇婴站做完体检，豆腐宴领取免费早餐来了。

地震棚

测绘大队家属最牛，每户一顶银色军用帐篷。大孩子们说，除了雪地伪装，还能防核辐射。我们武装部没有这个条件，只领到些木棍和篷布。那天，我爸刚好从红旗公社训练民兵回家，他来到前院，咔咔一顿铁锹，挖了一个机枪掩体雏形，抽颗烟休息了一下，再左右拓展，向前推进，形成了一个十字形的坑道，支好木棍，搭上篷布，最后为了保温，堆上了一圈苞米秸。我们这帮小孩喜爱得不行，都来这里打地道战。其实我们院用不着地震棚，木结构的日本房本身防震。我们家只在棚里住了一个晚上，就留在屋里不出来了。

于是，弃用的地堡便成了院里小孩的玩乐之地。

一天中午，我们院的两个大孩子，地瓜皮和金老九，神神秘秘来地堡告诉我们，大前天上午，工人村那边的一个地震棚里，一个女学生肚子脖子被捅了七刀。

"这么吓人，谁？"

"邻居一个小子，比她大一岁，十五。当天破了案。"

"他承认了？"

"不承认好使吗？那小子挺鬼的，骑自行车到海边把刀子撇了。回家就洗衣服，晚上被抓的时候还在洗。"

"都这个时候了还洗衣服？"

"闭嘴，小破孩。"金老九说，"衣服澎上血了呗！他洗啊洗，一直洗到晚上，衣角上有一滴没有洗净。从这一滴，公安局把案破了。"

"没那么费劲！"地瓜皮说，"第一怀疑对象就是他。民警把他带回去，几句话就撂了。"

"据说他俩偷偷处对象。"

"没有处，连电影都没看过。"

"那对，不看电影能叫处对象？那小子平时不爱讲话，跟人打个招呼都脸红，说他行凶没人相信。"

"警察问：'为什么杀人？'那小子说：'她说她要告诉我爸妈。'警察问：'告诉爸妈什么？你对她怎么了？'那小子说：'我跟她说：咱俩谈个朋友呗。她说她要告诉我爸妈。我就骂她，她哭了，她骂我，我就打她，她还手，我身上带着刀。我就动了刀。'"

"像不像你在提审现场？"

"撒一句谎是儿！我听我大姨家二姐夫的四哥讲的，四哥在战备街道上班，美术字写得绝了，借调工人村派出所画黑板报。不信你问问达明木匠，昨天他也听了。"

"黑咕隆咚闷死了，躲开，小破孩，我要出去透透气！"

刚才几点了

老杨醒了，习惯性地往枕头底下摸了摸，这才想起，手机昨天晚上已经丢了。昨天老杨的一个同事过生日，从饭店到歌房，再吃消夜，搞不清到底丢在哪儿了。老杨打开电视，屏幕上没有时间显示。墙上的动物钟表，电池没电了，如果有电，那只小松鼠应该跳上跳下的。老杨起身小解，洗了把脸，去厨房找出来一瓶纯净水喝。

如果有根黄瓜该多好，老杨想，一个苹果也行。但这怎么可能。从厨房回来，老杨看到他的前妻张燕躺在沙发上。他打开灯。

她眯着眼。

"你什么时候来的？"老杨问，语调却是"你怎么又来了"。

张燕跟老杨有许多共同点，爱听歌爱看碟，爱玩爱闹爱交朋友，花钱大手大脚，不喜欢戴手表，都属虎等等。高中有女同学煞有介事地说他们，两口子太相像了不是好事情。大学的时候，他在天津，她在沈阳，她去天津的次数比他来沈阳还多。毕业两年，他俩结了婚，生了个丫头，今年上一年级。开始的时候张燕因为老杨不回家跟他吵。后来张燕回家晚了，老杨就跟她吵。老杨对夫妻关系的理解比较自私，丈夫可以出格，妻子绝对不可以，只得离了。表面满不在乎，实际当老杨确定老婆在外偷情，人一下子就垮了，可以说彻底崩溃。孩子归他，爷爷奶奶一手带大的，分离不开。张燕收拾衣物搬了出去。老杨不寒而栗，他这才看清自己，哪里是什么潇洒风流人物，一个不慎误入歧途，家庭生活的忠实信徒而已。他开始领各种女人回家过夜。张燕碰到过就不止两位，但这并没有给他带来多少安慰。

"踢球的又把你赶出来了？"老杨说。

"跟他早结束了。"

"噢。"

有个在省队踢过足球的家伙让张燕神魂颠倒，老杨对此一直耿耿于怀："那是被哪个赶出来的？"

"他，做广告的。"

"做广告的赶你？"

"吵了一架，我自己走的。"

"他没拦？"

"拦不住。我就是想让他哭。"

"哭？谁哭？"

"让他哭一宿。"

老杨已经回到床上。过了一会儿，他说：

"就因为你走了，他会哭？"

"爱信不信，"张燕躺在沙发上，正好跟老杨面对面，"他非常爱我。"

"几点了？"老杨问。

"不知道。"

"你看看。"

"我不戴表，你又不是不知道。管他几点了，睡吧。"

"你看看手机。"

"不能开，一开他就打进电话。烦。"

老杨把枕头立起来枕着，这样看着张燕更得劲一些。

"真的假的？"

"打进来他就哭。我想让他哭，可我又不想听他哭。烦。"

老杨坐了起来："我不信。"

"不相信有人会为我哭？"

"不信。"

老杨下地，张燕坐起来。老杨坐在她旁边。她躺过的地方比被窝还热乎。

张燕从牛仔裤的后兜里拿出手机。打开。一堆短信跳出来。

"让我看看。"老杨凑上去。

张燕说："不出五分钟他准打过来。"

"看一条。"

张燕把手机抱在胸前。这么多年过去了，张燕害羞的样子依旧像个少女。

"看看他都说些什么。"老杨说。

张燕先自己看了一个，忍不住笑了，藏在背后："不给看。"

老杨黯然。

他从茶几上取了根烟，点上，站起来抽。抽到一半，张燕向他招手。

老杨赶快把烟掐掉，走过去把耳朵贴近。电话那头，那个爱的能力仍然很旺盛的幸福男子嗓子已经哑了：

"呜，你在哪儿？呜，呜，快回来吧。没有你我不能活。呜呜。"

大胆使用了绿色

　　她一走进沃尔玛，他就看她。她从干海鲜货架快步移到日用品货架，发现他仍在看她。他的手推车上，载着不多的物品。她突然觉得自己毫无道理，干吗要躲避一个陌生人呢？

　　"您是崔女士吧，不认识了吗？"那个陌生男人走过来，"我，陈凯。"

　　上周二在公司，午休时间，同事们打羽毛球，崔丽华不爱运动，又怕晒黑了皮肤，她把吃剩的鱼头放到墙角，没等小猫过来，就上楼回到了办公室。她斜靠在椅子上，打电话、看报，准备眯着眼小憩，门被推开了。

　　"您好，我，陈凯。"

　　"陈凯是谁呀？"

　　她受到了打扰，有些不高兴。

　　"容我慢慢给您道来。"

　　笑容可掬的家伙是跑供销的，因供销处暂时无人，就来到隔壁财务处打发时间。他不但从胸牌上得知了她的名字，还迅速把握住了她的个性特点。崔丽华这个人呀，说她表里如一也好，说她单纯也好，肤浅也好，都一样，她一直是她，永远像她所表现出来的那样软绵绵的。刚才一句"陈凯是谁呀"，本应尖酸刻薄，可一经她之口，完全改变了力道。

她却还责备自己不该如此过分，赶紧做了补偿。

"您是来供销处办事的吧。旁边有纸杯，渴了请喝水。"

来人中等身高，长相一般。显著的是长期行走江湖所练就的非凡应对能力：只要你接话，无论怎样，那都恰好是他想要的，他便报以会心的眼神和爽朗笑声。你不接话也是一样。跟这样的人相处，怎么可能会冷场呢。崔丽华虽然温和，但跟外人打交道比较刻板生硬，不够自然。她十分向往无拘无束地跟人说笑交往，可实际却怎么也做不好。正因为她性格古怪，部分想套近乎的男士在做过试探性的尝试之后就偃旗息鼓了，好多都望而却步，有的愤愤然骂她傻逼。因此，在跟陈凯先生上床之前，崔丽华女士还从未跟丈夫以外的任何男人发生过性关系。

在宾馆房间的浴缸里（在那里他们做完了第二次），她差点儿把这个隐秘的事实脱口而出。

一把小梳子帮助她克制住了。那只是一把宾馆客房寻常见的袖珍梳子，摆放在浴缸的一角。她发现了它，拿过来，给他梳头。

梳子质量较差，划得陈凯喊疼。

回到床上，推销员向她诉苦。东跑西颠的，不是人干的；偶然跳到时局，骂；跳到房价飞涨，庆幸自己下手早。她等着他讲到情感部分。

但他绕过去了。他一定结了婚的，有孩子，家庭稳定。他是天津人。应她的要求，他说了两句地道的天津腔。她笑出了声。她从小就觉着天津话最好玩了。

这回美人真的该回去了，陈凯没有再拦她。

他找着了她的内裤，递过去。

"这是上一代人穿的。"

他善意地取笑道。

"我老公么，保守，那样的，他接受不了。"

"你有没有女朋友，长得漂亮些的？"

他给她出主意。

"就说是她送的。你老公一百个能接受。我下次来的时候给你捎几套吧。"

"下次谁认识你呀。"

崔丽华的好朋友王小梅，公司两大美少妇之一（另一个当然是崔丽华）。王小梅跟几任经理的关系都相当暧昧，外头还挂着 N 个情人。这些事王小梅对崔丽华并不隐瞒。发生了新情况，她会第一时间主动坦白交代。有次崔丽华的老公出差，王小梅的老公也出差，崔丽华把王小梅叫到自己家里睡，聊天聊到后半夜。王小梅以身说法，讲述不同男人的好处，分析得十分详细，她的听众到后来都忍无可忍了。

"你，那么流氓。"崔丽华说。

听归听，好朋友归好朋友，崔丽华可从来没有跟王小梅出去玩过、混过。她认为自己跟王小梅不是一类人。再说她爱她的老公。有一回深夜，她激动地把王小梅的事情说给老公听，老公表扬了她，慨叹自己娶了个好老婆。

周一上班，崔丽华没有见到王小梅。中午吃饭的时候，王小梅仍然没有来，崔丽华颇感失落。吃过了午饭，同事们打羽毛球。崔丽华到楼下喂猫。公司身后是座郁郁葱葱的小山丘，生活着好多野猫。这些野猫不怕人，经常三三两两地下山觅食。上个月，在公司门前，区政府的一辆面包车不小心轧死了一只生产不久的母猫。两只小崽儿一路寻来，扑到死猫身上吮奶吃。王小梅看到了这个情景，上楼讲给崔丽华听。崔丽华掉眼泪了。王小梅跟着也掉眼泪了。两位年轻的人妈妈化悲痛为力量，山坡上挖了个深坑，埋葬了猫妈妈，然后找了个托盘，每天给两只遗孤喂牛奶。它们可以进食了，再喂饭菜。

"王小梅。"

"崔丽华。"

崔丽华可高兴了，看到王小梅，她觉得格外踏实。

"等一下，我回个短信。"王小梅说。

崔丽华向她摆手，让王小梅站着别动，她过去。

十七年的小辣椒

三位大腹便便的男子，三位小姐，交叉坐在沙发上饮酒嬉戏。中间的一对儿忽然起身。

他们走到包间的另一头，隔着一个小茶几，面对面坐下。

"你可以穿上衣服。"

肥男边说边晃动屁股下面的座椅，似乎对它的安稳程度有些担心。

"别摔着了。"女孩说。

她正在点烟，打了三下，才把火机打着。

"穿上衣服吧。"肥男又说。

女孩朝着他吐出一口烟："你朋友同意吗？"

"今天我买单，我老大。"

"懒得动，就这样吧。"女孩收了收胸脯。

相对纤细的身躯，乳房可算丰满，用她的话说这是"工作需要"，必须要够一定的分量。她的胳膊肘支在茶几上，一只手托着腮，另一只手夹着烟，大风大浪都经历过了的厌倦模样。肥男说：

"那玩意儿不能沾，沾上人就废了。"

"我只 K 那个。"

"舒服？"

"你刚才不是试了么。"

"我？我才不沾那些玩意儿来。嗤，全喷了。"

"啊呀贱哪。"

"说，什，么？"

"可惜了，呵。"

"那玩意儿真有那么大吸引力？"

"你尝了就知道。"

肥男往两只杯子倒满啤酒，大模大样地端起来，欲发表感慨却不知如何措辞。

女孩一仰脖干了。肥男泄了气似的把酒杯放回到桌上。

"喝呀。"女孩说。

肥男说："你爸也不管管你？"

"他自己还管不过来呢。下岗了，经常喝醉。"

"你常回你妈那儿？"

"打电话。互相打电话。有事打电话。"

"你怎么不跟你妈过呢？"

"先把酒喝了，想耍赖？"

肥男端起酒杯，慢慢让啤酒流进嘴里。

"父母离婚小孩子一般跟着妈妈过。"

"我不是不一般么。"

"离婚时你多大？"

女孩把酒杯倒满。

"我是跟着我妈的。直到小学四年级，我一直跟着我妈。小学我成绩可好了，门门一百分。后来完蛋，不学了。"

"门门一百分？总共就两门吧？"

"五门，语文数学英语美术音乐，门门一百。"

"你妈做什么的？"

"原先在商场卖货。现在跟别人瞎跑，不知道她忙些什么。那时她看好了一个男的。操他妈那男的真鸡巴有病，不穿裤衩在厅里看电视。我爸去了把他打了一顿，把他的头打破了。从那以后我就跟着我爸过了。"

"领你们进来的那个黄毛，是头儿？"

"领班。怎么？贼帅吧？操他妈去年我可迷他了。"

"他是你男朋友？"

"去年算。开始他有女朋友，我把他抢来了。我对他有多好他应该心中有数。我挣的钱全给了他。他拍扑克机。有一天我发现他背着我跟别人，我就疯了。真疯了。我又哭又叫，在大堂把衣服脱了。就这个样子，一丝不挂。"

"他呢？"

"他跑了。晚上回房间他把我暴打一顿。往死里踹。统统都过去了，我们现在只是工作关系。"

"你挣的钱不给他花了？"

"我傻？脑袋有病？精神不正常？我谁也不给。我爸我妈也不给。我给我姥，我姥不要。我给我姥买好吃的。我最亲我姥了。"

"干。"

"为垃圾箱。"

"嗯？"

"我们生活的垃圾箱。"

"从电视看的，还是听谁说的？"

"不知道。说完就完了，不记也不想。没有用。"

肥男沉默，若有所思。

"唉。"

他轻轻地叹息了一小声。

"来感觉了。"

肥男说。他拉开裤子拉链。

女孩走过来，俯下身。

肥男回头望了一眼沙发那边的两对男女。他只是习惯性地随便望望，并不真的关心别人在搞些什么。一会儿，肥男开始喃喃自语：

"小辣椒，小辣椒，小辣椒，小辣椒，小辣椒——"

"胡说什么？"

"你。叫你小辣椒。小辣椒，小辣椒。好听吧？"

大连宝贝

星期天，大显酒店旁的洋破烂市场。

你拥我挤。

古玩地摊前，一位买家在给众摊贩上课。两个年轻小妞儿挨着他的左右。其中一个替他拿着黑皮包。

那人霸气十足，高声质问摊主，其实是在质问所有人：

"大连有古董吗？大连有懂古董的吗？你们谁敢说你们卖的是古董？"

大家都不说话。

对面，隔着摊位，有个穿西装的老头儿，满脸谄笑，同这位霸主打招呼："喂，老邢！"

老邢随便摆摆手："啊啊啊。去玩啊，我开了个茶楼，在十渡引水对面，投了三千万。"

老邢。宝贝。

这样的宝贝大连确实太少了。

三大件玉器，老邢杀到两千。

　　"你考虑考虑吧，别一会儿我走了你后悔啊。谁的玉有我多？我一屋子全是玉。资金周转得好的时候我一个月花十几万，不好我就少花点。昨天我花了一万二。"

　　但是最终这桩生意没能成交。

　　老邢挑了块小玉佩，二百整，小妞儿打开黑皮包，数了两张，交给小贩。

另一个宝贝

最货真价实的。我曾在一幅画上看过他的签名：枕犁。

十几年前，我和老付跟着丛子去过画家在山东路一室半的家。地毯下面的地板，是捡拾邻居装修扔掉的边角余料拼凑而成的。紧挨天棚，一圈悬空书架，挤着整套《道藏》。彩电的尺寸非常小，"从日本带回来的"，只用来看足球。

"我是个 Q 迷。"这位金州人说。

我们席地而坐。老于，我们的宝贝，从墙上摘下来一张四条腿统统锯掉的小方桌，烧水沏茶。这间大的房间，被一个木头屏风隔开，屏风后面，是老于母亲的卧室，前面，我们坐的位置，算是客厅。另一间，一室半的半间，被一张床占满了，床上堆着许多书。老于另租房子画画、存画，整个家里我只见到一幅油画，是一幅女人肖像。

丛子说那是他的前妻。

我也这么猜来的。

到处都有老于写的字。毛笔写的，钢笔写的，铅笔写的。有联句，有单字。北墙上钉着大大小小的钉子，其实那是一幅用钉子组成的作品，一根旧绳子折叠着挂在上面，当然它是这作品的一部分，只不过今天可以这样叠，明天可以那样挂，这又是它的一个特别之处。据说，所有这些摆设都是按照周易八卦布置的。我倒觉着他匠心独运，信手拈来。

墙上摁钉儿摁着一张巴掌大的宣纸，上面毛笔画的太极图，一条吐着舌头的小蛇，蜿蜒着把阴阳鱼分开。

老于着重介绍，这是他一个潘姓学生的作品。

"饮"完茶我们"吃"酒。"饮"和"吃"，是老于反复强调的两个字。老于炒了一盘花生，一盘鸡蛋，加上半碗咸菜，他手指"一二三"状点了点，又返回厨房，端来半盘黄花鱼，可能是昨天吃剩下来的。快到中午的时候，来了一位漂亮女士，老于起身出去跟她说了几句话，回来继续"吃"酒。漂亮女士给我们下了鸡蛋面，一碗一碗端上来，然后在厨房跟老于的母亲聊了一会儿，才恋恋不舍地告辞。她是专程给老于做饭来的。

老于告诉我们，她是他前妻的好朋友，歌舞团的，"当年《江姐》的主演"。

我说条儿怎么那么好呢！

美丽的女士，老于，老于的前妻——引起我阵阵遐想。

我们用盅"吃"酒。每"吃"一口，老于都要跟我们碰一碰。他认为男人之间应该相互称"爷"，"真正的中国礼仪"。于是"于爷""丛爷""付爷""谈爷"，一直喊到告辞。老于比我们大个十来岁，快到四十了，许多人称他于老，他很受用。

他喜欢强调某某是他的学生。

我们碰巧提到一个小有名气的画家。

他会说："我的学生。"

一会儿，提到另一个画家。

他又说："我的学生。"

喝得差不多了，老于就开始骂。骂能骂的一切。

老于骂得非常有角度，有道理。非常会心。

他不世故，讨厌啰里八唆不知所云，忍受不了平庸。

所有这些我都暗暗欣赏。

老于也写诗，他拿给我们看，半打油性质的，跟他说话的风格有区别。

我更喜欢他说话的风格："操逼，就是操逼。"

"等一等，"他从身后的一堆书里挑出几本，有作者签名的，"你们拿走，占地方。"我说不要。

他用拇指快速地翻动："一句都看不下去，统统不知所云。"

"看不下去你送我们？"丛子说。

老于乐了："那好，周六我给别人吧。"

周六老于家有个小沙龙，搞文学的搞艺术的一大帮子。

老于让我们周六来，介绍一些朋友认识。我们说好。以后我跟丛子老付又去过老于家两次，可惜都不是周六。

第二次在老于家，碰到了一个大胡子异人，用老于的话说："小姑娘让这小子玩老鼻子了。"大胡子留了一圈马克思式的大胡子，个儿不高，但肩膀很宽很厚，"异"主要指他在儿子出生刚满月便不告而别，三年音讯皆无。这三年他"游名山，访高人"，"寻找真正的气功大师"。这才刚回来不久，过来看望老师。

寒暄过后，异人盘腿而坐，目光如炬，只听不说。

我红着脸掏出稿纸誊写的小说《旅顺要塞》，请老于批评指正，内心想的却是，他边看边拍大腿，非要向杂志社推荐不可。

老于只看了一眼，便抬起头。

他望着我："火气太重了。不要动手。"

我摸了一下"比武"受伤的眼角；"没事。"

他继续盯着我，"第一句不妥，不要用成语，用'快'，'一起步就快'，就是'快'就是'快'就是'快'……"

我原文的第一句是"一起步就风驰电掣"，描写一个练通背的小伙子在游戏厅里玩摩托游戏。

……然后他又看老付的诗稿。

"很好啊，这是我看过的最好的诗，"他说，"'打开所有的门'，为什么要'打开所有的门'呢？打开一扇就够用了，半扇都不多打。"

老于去厕所的时候，大胡子异人突然问我："你对黑塞怎么看？"

我脱口而出："浪漫主义的，你知道，那种东西，不大看得进去……"

我后来回想起来，黑塞有部小说，写了一个英俊小伙子离家出走，流浪途中发生了好多次艳遇的故事。那部小说应该是他发问的主要原因吧。

他听了我的回答之后，没有再说什么，只静静地看着我。

我很想跟他多说两句，不过当时过于害羞和乖戾了，除了冷不丁蹦出来的大话、伤人的话，不会自然平和地表达交流。其实到现在我也不会。

这时老于出现在门口，长伸出胳膊，"拿来，攒个汤。"

丛子端起只剩下鱼头和刺的盘子，传给老付，老付传给我，我交给了老于。大胡子异人没有伸手。

"劳谈爷去拔两根香菜。"

我去到屋外，在那棵槐树四周的乱草丛找了半天，没有找到。

于爷只好亲自出马，他弯下腰，快速扯了几下，一小撮香菜攥在手里，"谈爷啊，我真的替你担忧，连棵香菜都不认识，怎么能当个好作家？"

他说的都对。

幸运儿

老金要去天津出差，已经退休了的老陈，托老金打听个人。

"悄悄问问，她过得怎么样？她男人还那么混蛋么？"

逗得小刘直乐。

小刘坐老金的后桌，那是老陈退休前的位置。

老陈便跟小刘搭腔：

"你们年轻人很难能理解那个时代啊，好好的一对儿，硬给拆了。"

小刘笑笑走开。他要去大门口接个客户。

其实有关老陈，有一搭无一搭的，小刘倒也听说过一些。老陈年轻时被打成右派，四十岁以后平反，娶了个带孩子的女人，喜欢说"反动言论"和老派黄段子。

至于他的初恋，小刘听的却是另一个版本，那女的不怎么正经，花了老陈不少钱，然后一走了之，时代不时代的关系不大。

老舅等着咱们去钓鱼

进站刹车，双层巴士剧烈晃荡。哥哥把脸贴向车窗。

车下的弟弟先看见了哥哥，他冲着上层的哥哥，举了举手中的鱼竿。

哥哥等到弟弟上来，才把旁边座位上的背包拿开，放到了地上。

弟弟却拍了拍哥哥的肩膀，要他把靠窗的位置让出来。

哥哥照做了。

哥哥把弟弟的鱼竿小心翼翼顺到座位下面，跟自己的鱼竿挨着摆好。弟弟的眼睛跟随着鱼竿上下移动，没得看了，视线转向窗外。弟弟没有包，他拎了一只塑料袋，里面是只小塑料袋，装着鱼饵，几根半湿不干的鱿鱼须。哥哥从弟弟手中要下塑料袋，丢到背包的上面。

巴士开动。树枝打得车顶啪啪响。

弟弟捂着头往哥哥身上躲。

"我操。"

"没事。"哥哥推开他。

"知道。"弟弟说。

弟弟放下胳膊，"老舅呢？"

"老舅在养殖场门岗，等着领咱们进去。"

"小时候真好，没有人不让钓鱼。管天管地，管不着海。"

"可不是么，一刮风，海参，恁大个，有的是。"

"像锅盖的那叫什么来着？"

"锅盖？"

"海蜇，对。没人要，海蜇。"

"谁要那玩意儿。海虹、海蛎子遍地。香波螺用扫帚扫。"

哥哥突然不言语了。哥哥利利整整的，板着面孔。

兄弟俩的前边，坐着一对学生恋人。小姑娘回头看了他们一眼，使劲捂嘴。惹得小伙子也回了一下头。小伙子比较谨慎，他没有笑。弟弟长着一张标准的国标脸，额头上皱纹很深，低着脑袋，看人的时候并不抬起，只眼睛往上翻。弟弟的眼神相对正常，并且容易羞怯，有人回视，他会迅速把目光移开。

"哥，老舅和你谁大？"

"干什么？"

"我想知道老舅和你谁大。"

"我们同年。老舅生日大。"

哥哥一直看着前边。

"五十一？"

"五十五。我比你大七岁，能五十一？"

哥哥突然严厉起来："上班时间，你不要打我手机。"

"好。"

"好什么好，跟你说过多少回了，打分机，你总打手机。"

"我忘了。"

巴士进站，停下，开走。哥哥问："上回老舅钓了几斤？"

"老舅不高兴了。他有话跟你唠。"

"你嫂子病了么，我才没去成。老舅钓了几斤？"

"老舅没说。反正钓了一条特大的。这么大。"

"那可不小。你呢？"

"我一条不条。"

桃源站。两个学生手扯手下了车。小姑娘快速看了弟弟一眼。她把头埋到男朋友的胳膊上，还是笑出了声。弟弟挠头。挠得花白的头发唰唰作响。没有人上车。

巴士驶向海边。顶层只剩下了老哥儿俩。夏天这是条旅游热线。现在是十一月末。哥哥给弟弟整理了整理棉衣领子。

"我发了件新棉袄，下次捎给你。"

"给小宝吧。"

"小宝穿工作服？人家从上到下名牌。"

"小宝聪明。哥，我记得小宝从小学习就好。"

"两岁能背唐诗。"

"真的吗！我上初中还不会背。"

"你？一加一学了半年。咱爸没少揍你。一加一等于几？三。呱唧一巴掌。"

"哥，我梦见咱爸了。咱爸在街上溜达。他问我，地狱的门在哪儿？我也不知道地狱的门在哪儿。这梦怪不怪？"

"一般的人死了上不了天堂。一般的人，谁能不干点坏事？"

"是吗？我就干过不少坏事。我跟咱舅把人家自行车气嘴子拔了。总共拔过四次。"

"那倒不算什么。"

"我还跟老舅在大春家门口拉了一根绳，把大春的爷爷腿摔破了。你忘了？大春总下绊子绊我。他还把你打哭了。哥，我最想咱妈，我怎么从来没梦到过咱妈？"

"到时候就梦到了。"

"你梦到了？"

"梦到了。"

"咱妈跟你说什么？"

"没说什么。你胃口还疼吗？不能一天到晚吃方便面。晚上就到我那儿去吃。我们一块儿吃。"

"咱老舅也这么说。他让我去他家吃饭。可我挺爱吃方便面的。再说，你们都搬新房子，太远了。"

"你都跟老舅说了？"

"说什么？"

"其实，你嫂子吧，常惦着你的吃饭。她这人就是爱干净。"

哥哥拍了拍运动背包。

"你嫂子给你做的。韭菜盒子。明天的饭都带出来了。拿个尝一尝？"

"现在不饿。"

"你嫂子，你嫂子那天说你的话吧，不要往心里去。再别去找小宝就是了。知道你爱跟小孩儿玩，可小宝已经长大了。老师同学都看着，影响不好。小宝能不亲他叔？小宝亲你。"

"哥，小宝学什么专业的？"

"计算机。"

"听说小宝有女朋友了。哥，告诉小宝，别耽误了学习。"

哥哥望了望窗外，"起来吧，快到站了。"

哥哥拿起塑料袋，交到弟弟手上，然后弯腰把鱼竿钩了出来。弟弟接过自己的鱼竿。哥哥背上背包。哥哥说，"等退休了，我去给你做饭。"

"你退休。早着嘞。"

"那还不快？你看今年，这不马上就要过去了？"哥哥说，"不知道怎么过去的。"

"哥，咱爸哪年退休的？"

"走，下车去等着！"

两把年轻的骨头

前头一个，弯腰捡了一罐可乐，摇了摇，交给后头一个。

后头这个喝了一口，再送还给前头那个。

前头的接过去，底朝天举到嘴上，"滴……答。"

王强，十三岁，小山，十二岁，拜把子兄弟，目前靠捡破烂为生。

三个初中生

　　女孩在男孩的必经之路上等他。女孩斜靠在水泥台上。手里拿着手机，左顾右盼。男孩过来了。书包带放到最长。模样儿比女孩还稚嫩。表情摆酷。

　　"你睡好了？"女孩说。

　　男孩似乎气哄哄的："嗯。"

　　"我说你睡好了？"

　　男孩爱搭不理："嗯。"

　　"你睡好了吗？"

　　"嗯。"

　　他径直从她的面前走过去了。我正好往下走，跟男孩擦肩而过。红灯拦我停下。我想，那女孩可别该是哭了吧。因为她长得实在不怎么样，而那男孩看起来聪明乖戾。

　　我忍不住回头。

　　男孩已经拐了弯，留下女孩呆在原处发傻。这时，从楼房的凹处跳出来另一个女孩，比受伤的女孩还脸红。显然她有些手足无措，不知该如何上前安慰。

　　"无论怎样你一定要坚强啊，"我暗暗给她鼓劲，"他没有什么可了不起，真的没有什么了不起的，长大了你就知道了，小姑娘，了不起的是你。"

正义小新新博客两篇

（2007-6-12 22：11：16）

饼子脸给我们分奖金了，明天我就去把那双耐克买下。昨天经过友谊商场，它从橱窗里向外挑衅，"你敢要我吗？"我冷冷一笑，"我会的，但不是现在。"五一节的加班费，我三百，饼子脸四百，其他护士三百五，吃点亏就吃点亏吧，我年轻貌美，犯不上处处跟她们死磕。饼子脸一直在龇着大牙乐，丝毫不顾及给别人的负面影响。我指的是她的形象。但我从不敢低估她的观察能力。跟她相比，一身肉和红脸蛋等于两个瞎子。我可以在任何时间任何地点掏枪把她俩干掉。对饼子脸，我只能采取狙击。形势严峻哪，不得不孤身与恶势力团伙作斗争，谁叫咱是正义的化身呢。饼子脸喊，"哎，你的眼睛肿了，哭的。一定是哭的。"我说我感冒了。一身肉马上过来，盯了足足两分钟，才给了我一个"去死吧，鬼才相信咧"的表情，扭着屁股去到红脸蛋身边。两个人脸对着脸，撇嘴使眼色。

我真想冲过去，一人抽一百二十五个大嘴巴。我的眼睛确是哭肿的，昨天，我看了个对象（妈妈的同事非要介绍不可），回家后就开始哭，躺着哭，坐着哭，哭了两个小时，我以为这辈子就这么完了。见过长得意外的，可没见过这么意外的。

我不怪自己不够坚强。坚强就是能够承受所有吓人的东西吗？那不是真正的坚强，是麻木。麻木最可恨了，它腐蚀心灵，使人变坏，变老。我今年二十岁，过完生日第二天，麻木就悄悄地包围上来了。小的时候，每想到我爸爸会去世（奇怪，我从没想过我的妈妈会去世），再也见不到他了，我会疯狂，痛苦得脑袋爆炸。现在呢，我想得更多的是料理后事等等具体事宜，现实得可怕呀。如果成长的代价是麻木的话，那么我宣布，我不想我不想我不想长大，不想让金光灿灿的白马王子一天天褪色，变成一个面目不清的凡夫俗子。至少现在我绝不妥协。这就是我，正义小新新。

恶势力团伙肆无忌惮地策划阳谋，抓紧时间给杨姐介绍对象，可是杨姐并没有离婚呀。"先相看相看，离，那是早晚的事。"红脸蛋恶狠狠地说。厚颜无耻到了极点。听她们的意思，杨姐的丈夫是个顶不起锅盖的男人，书呆子，有一次让小混混给欺负了，到了派出所，因为不会讲话，反被拘留了七天，他原是化工厂的工程师，工厂倒闭好几年了，就那么在家里闷着，打不起精神找工作，而且还怎么着你猜，她们说他胆敢拒绝早晨时间跟杨姐过夫妻生活。恶势力团伙义愤填膺，"又不上班""是男人吗""啧啧，能干点什么"。三个坏蛋就这么个德行了，可以理解，杨姐呢，竟然还谦卑地向她们咨询。喂，怎么回事，都这么缺德？这是个什么世道？还有没有王法了？杨姐出差去了沈阳，恶势力团伙掐指计算着她回来的日子。下班的时候，饼子脸以商量的口吻，问我是否可以把鸡蛋票送到杨姐家，等杨姐回来就过期了。我答应了："今天晚上上课，明天可以。""那就明天。"我一清二楚，我送了功劳也是她们的，但是如果我拒绝，不管有什么正当理由，她们都会在杨姐面前添油加醋地奏我一本。我提出是否把奖金也一同捎去？我故意的。还没等饼子脸说话，一身肉和红脸蛋同时朝着我伸出食指，"这个，就不用你操心了。"我真想一个腾空飞脚，把这两个猪头踢出窗外。内二科可是在十一楼唷。

小非人的评论（2007-6-13 14：08：23）

　　我今天又被那娘儿们上司骂了，那娘儿们口才真好，一口气骂了十分钟，没有重复的句子。等她走开，我在电脑上画了二十头猪，写上"发疯了的猪"，打印出来，再用粉碎机粉碎了。姐姐不妨试用一下。另外晚上姐姐要格外小心，什么样的男人最不可抗拒？朋友（或同事）的男朋友（包括丈夫）最不可抗拒，嘻嘻。

（2007-6-13　20：02：08）

　　他礼貌地让我进家坐坐。我本来想好要谢绝的，可我没有。他大高个儿，不英俊，也不难看，皮肤有些苍白，比墙上的结婚照没有什么两样，男人还真的是扛老哎，杨姐可就胖多了。我的到来令他非常高兴。他有一些害羞（这是天性决定的），但还是端详了我。

　　茶几上摆着一瓶纯净水，他打开来递给我。

　　我没看日期就喝了一口。我不想给他造成一丁点儿不好的印象，你懂吗？我小心翼翼的。我能做到的我都做了。他转身去了厨房，似乎要去洗点水果，我听见找东西的声音，可他出来的时候，两只手却空空如也。他在我旁边坐下来。我们唠了点家常。很快就唠不下去了。他搓搓手，拿起遥控器，打开了电视。飞满萤火虫的夜空绚丽无比。我说："这个好看。"他刚调过去，又迅速调回来："是吗，我们看它。"

　　《再见，萤火虫》，我曾看过三遍，哭过三遍。演到妹妹死掉的时候，我又哭了。开始是泪珠吧嗒吧嗒地掉，然后抽泣，最后哭出了声。影片播完，我赶快告辞。他送我到门口。他说："我知道你为什么哭。不是因为妹妹死了。你把自己当成了妹妹，担心哥哥今后没有人做伴，你才哭的。"

　　正义小新新落荒而逃。他的话句句是真。

小非人的评论（2007-6-13 20：46：22）

　　没有全部看懂，姐姐的心情很复杂啊。周末等我电话，有一个很好玩的派对，帅哥多多。

正义小新新的回复（2007-6-13 23：17：10）

　　回家 24 路车上，我见到了真枪，在一个胖警察腰上别着，他发现我一直盯着，就做了一个掏枪的动作。我本应微微一笑，说："对不起，我是卧底。"这是全世界最酷的十句话之一，早背得滚瓜烂熟，一直苦于派不上用场，可是姐姐今天一踩耐克鞋，当然是在心里了，"去你 MD，吓唬谁呀，老子可是正义无敌小新新欤！"

烧烤摊

晚上十点多我下楼到路边烧烤摊吃烧烤。我点了鱿鱼、羊肉串，要了瓶啤酒。一颗烟快抽完了，我发现几乎所有人都在看我。原来电视机挂在我的头部上方。我换了个座位。电视没有播放奥运，在播韩剧，不过并没有人要求更换频道。我的邻桌是五个男子，空酒瓶子围着他们摆了一地。我对面一桌，一位发福的男子和两位年轻女孩。两位女孩都是长发，短裙，白皙的大腿并得紧紧的，坐在男子的对面。

鱿鱼和大串端上来了，啤酒打开，服务员问我，要不要杯子。

我这时候才知道自己换错了座位。

邻桌五个人当中，有两个就快要动手打起来了。拉拉扯扯，一只啤酒瓶子滚下桌子。

挨着我这边的三个人，腰上都别着砍刀。

我顺目低眉，小心咬着肉串，随时准备躲闪。

"老三，你没有完了是不是？"

"不是今天，我告诉你，不是今天。"

"老三，你没有完了？"

"我告诉你，不是今天。"

"那你说哪天，你说！"

"我告诉你，不是今天。"

"哪天，你说，哪天？哪天？"

"走，咱俩出去。"

两个人站了起来，都是一米八以上的大个儿，一前一后走出了院子。

很快跟着老三出去的那个人就回来了，他双手捂着肚子，白 T 恤湿红一片。

"我看看，我看看！"他的朋友们迎了上去。

两位长发女孩尖叫几声，坐着抱在一起，其中一位像是昏迷了。老板娘满院子瞎跑。

"进屋，进屋。"

"不行，得上医院。"

"快，把车提过来。"

受伤者被搀扶着往院外走，咬着牙根儿，"我操他妈，老三他不讲究啊，不讲究。"

以上发生在上个周五。

出租司机话真多

　　长头发司机弯腰伸臂，从里面打开车门，客人坐进了副驾驶的座位。车门不怎么好使，客人在外面没有开开。

　　司机说："白天卖假药，晚上耍流氓。"他指的是广播电台。

　　收音机正进行一档午夜对话节目，一位性心理专家这样劝解一位已婚女性，红杏出墙当然不道德，可如果因为丈夫长期不能满足妻子的性需求，妻子偶尔的出轨是可以理解的。女方却小声强调说，不是偶尔。导播把电话掐了。

　　"傻叉导播，"司机说，"老哥，您去哪儿？"

　　"锦绣二期，然后和平公寓。"

　　"我上个月拉了位漂亮妞儿，也是先去锦绣二期，再去和平公寓，"司机翻着眼，似乎在跟记忆核对，"也在这里上的车，也是半夜。只不过最后又回到了锦绣。我跟她一块儿上楼了。"

　　又一位已婚女性打进电话，她外遇的原因是无法忍受，丈夫几乎每天都要向她提出性要求。

客人关掉了收音机。

"呵呵，"司机说，"是啊，听它讲还不如听我讲，不少人爱听我胡咧咧。"他左右瞅了瞅，大把方向盘，把车掉了个头。"其实找话题很简单，没话了你就唠腐败，唠拆迁，准保不冷场。不过这么说吧，我这个人，还真就是有唠不完的话，各色各样的，咱都能唠得上来，跟混混儿，我讲他们的黑话，跟农民，讲下雨干旱，跟文人，咱也能唠，面朝大海，春暖花开，音乐更不用说了，天天听，你来吧，流行的，古典的，咱都不惧，唠体育，足球，那是咱的强项啊，到什么山上唱什么歌，我是驻扎在这个山头上，什么歌都会唱，跟机关干部，我就跟他唠小姐，唠打炮，他们最爱听这个，哎，嘿嘿，我看你就像个机关的，啊，不是，真不是？留个分头，不好判断，我也见过一收破烂的，留你这种发型。老大连越来越少了，老哥，听着你说话的调儿就亲。哎，有不行的，电影我不行，没时间看啊，十来年了，一场电影没看过，电视也就那么几眼，你说说，挣这俩钱儿，容易吗。遇到啥都不爱唠的，我也能配合，一声不吭呗，以为只有他会啊。这年头，郁闷的人越来越多了。那天打我车的那个妞儿就很郁闷。"

司机说："气质，长相，绝对一流，个头不算高，一米六多点吧，但比例很好，奶子真不小，我告诉你，有些女的穿着衣服，不显山不显水的，实际上很强，又大又挺又软。她说她去锦绣二期，取样东西，再去和平公寓。她坐在后排，我闻到她喝酒了。老哥，你也没少喝吧？

"我跟她蹭话，能看出来，她虽然不怎么愿意搭腔，但并不烦我，你懂我的意思吗？呵呵，不帅不帅，老了，三十六了，小伙的时候么，咱还真不怵哪个疤瘌眼儿。到了锦绣二期，她要上楼，要我等她。我说等，等到天亮也要等，因为你没给车钱啊。哎，她一路严肃，这会儿露出了点笑意，我告诉你，女人只要能被逗笑，问题就不大。她掏钱把这段的车费付了，我也没客气，你上楼不下来了我找谁要去呀。不用，不用，跟老哥不用这么见外，我不是这个意思，啊，也好，这一百我先拿着，最后一块儿算。"

很快，客人双手抄着裤兜，从门洞出来，重新上车。

"挺快，第二根烟刚抽完。"司机扔掉烟屁股，"你猜她上楼拿了什么上来？吓了我一跳，大广播喇叭，装一号电池的那种，她问我，大连话最狠的骂人是什么，我给她讲了几个，'彪子''饼子''操你妈'。她嫌不够劲。'操你血妈'，她学了一遍，用普通话说的，很好玩，到了和平公寓，她说等她，下了车，举起喇叭开始骂，'刘德雄，大骗子，胆小鬼，懦夫，躲进老婆的被窝不敢出来了是不是？你以为手机关了，我就骂不着你了吗？刘德雄，操你妈。'我在车里提示她，'操你血妈。'她就骂，'操你血妈。'呵呵，不少的窗子上出现人头影，有的开灯，有的没开灯，不知道哪个是刘德雄。老哥，那天晚上你应该听到吧？你认识刘德雄吗？噢，你不住和平公寓。'刘德雄，操你妈，操你血妈。'她骂够了，上车，我一脚油，走了，送她回锦绣二期，我问她刘德雄是干什么的，你跟他是怎么回事？她说，你上我家再告诉你。我靠，一时搞得我没话了，等到了她家楼下，我装的，说，不行啊，我还得干活哪，租子钱还没够呢。那个小妞儿掏出来三百元，说，算我包你车了。

"你说老哥，这时候我再犹豫，还是人吗？我把车锁好，跟她上了楼，一进屋，什么也别说了，先弄吧。我告诉你，她的那个东西很漂亮，真好，粉莹莹的，呵呵，老哥别怪，可能半夜三更，人就变得有点下流。到了？好的，我找您钱，哎，怎么了，您怎么打人呢，哪句话得罪您了，哎，呜，哎哟。"

司机被客人揪着头发摁在方向盘上，一顿大巴掌。但伤势并不严重，明显之处只有额头磕了块青，正是这块瘀青，成了他下一个故事的物证。看着它一天天褪色，如果不是怕疼，他真想照着车门框碰一下。"这儿，这儿，看清楚没有，五二一凶杀案，凶手留的。"

五二一凶杀案是指五月二十一日午夜，一名失意中年男子，酒后搭乘一辆出租车，回家取了把猎刀，再搭乘同一辆出租，去到妻子情夫的家，刺死了他。

司机说："咱哪知道他要去杀人，咱哪知道他是回家取刀。幸亏没去追他，不然就惨大了。呵呵，我也得接受

教训，今后但凡遇到郁闷的客人，一定要少说话，要么干
脆就什么山歌也别唱了。朋友，我看你快快乐乐的，不会
郁闷，啊，什么？也郁闷，得了。"

画符的小伙子

画符的小伙子是打着电话走进来的，显然他正在摆平一件事，那件事对一般人非常棘手，对他，则不过多啰唆几句而已。

坐下来电话更没有断过。谈生意，谈足球，谈情说爱。

又一个俗物，我想。这种货色我见得太多了。曾有个家伙到哪儿都怀揣一封不贴邮票的信，然后会适时掏出来给你看，信皮上写着，×市长亲启。这是别人托付转交的，因为他跟市长的秘书是铁哥儿们。

正是这位×市长秘书的铁哥儿们，初次见面便向我借了一百元打车，第二天却像不存在一样，谈他的投资，谈他的忙，搞得我反倒无地自容。

不久我们又见到画符的小伙子。他急着向我们要纸要毛笔。毛笔没找到，他就用签字笔反复描，把线条弄得粗一些。他在画一道符。

门外有车等着。这道符他收了人家五千元。我感到非常稀奇。

　　吃饭的时候他对我透露了一些他的情况（当然了，这顿饭得由我埋单）。

　　他哈工大毕业，学机械制造的，分在造船厂，"没意思"，就辞了，拜一个南方人学习周易八卦看手相风水。客源主要靠朋友介绍，偶尔也站站街头。

　　职业给他带来好多艳遇，多是"名媛贵妇"，不过很不稳定，"一段时间里一个接一个撑得受不了，一段时间一个不来饿个半死。"

　　"名副其实的骗色骗财。"

　　"我满足了她们心理生理双重需求，获得一点回报也是应该的。"

　　"她们很大方吗？"

　　"个别也不够爽，仅够料钱。"

　　他的南方师父仍在杨某（在大连大名鼎鼎）手下担任部门经理。那是师徒俩做好扣儿，事先把杨的资料掌握得滚瓜烂熟，师父便在一次巧遇中给杨相面，杨某认为"真他妈的准"，非要把他带来大连重用不可。他说他师父黑须飘飘，双目炯炯。他又说他师父不够意思，当上经理就故意疏远了他。

　　十几年的麻将桌，人来人往。我最后一次见到画符的小伙子是在千禧年，沙河口火车站马路边上，他正在给一位穿戴华贵的中年妇女看手相，左手托着那女人的手，右手的食指在她的手掌上划来划去。

"有技巧的，一定得把速度放慢，延缓节拍，她上来了感觉，想跑也跑不掉了。女人这玩意儿可怪，尽管是来自投罗网的，但弄得不好她们还是要跑。"

好作家

小任选了十只红烧鸡爪、一根烤大梁骨、两斤北极虾、六样朝鲜小菜。

他把整只板鸭放进购物车，端量了端量，又拎了回去。

从超市回到家，小任插上门，关掉电话，用冷水洗了把脸。

面对着显示屏，深呼吸两次。

今天是周五，任夫人回娘家了。小任决定创作。这回是真的。普通作家通常会被一个念头缠住不放，实在不耐烦了，就把它揪出来，摔倒到一堆汉字上制服之，难度不会太大。小任老师的情况却不是这样，每次至少有两个念头一块儿逗引他，令他左右为难、无从下手。而且什么叫姑息养奸？稍一犹豫，上次的两个也回来了，大上次的不算，刚才的两个又变成四个，四个变成八个。太多的灵感把小任老师折磨得不得不踱来踱去。踱来踱去。

"猜出来了：物质是运动的，运动是有规律的。"

"满地都是你的头发，一根一个字也两部长篇了呀。"

"大哥，你把作品藏到哪里了？"

这些都是任夫人原话。

最近两年，以温和娴静著称的任夫人性情大改，开始极尽冷嘲热讽之能事，欲把先生即将开工的文学事业扼杀在胚胎之中。

"蚍蜉撼树！"先生点上第一颗烟，敲出两个字：谈拙。

此笔名五年前就起好了，一直没有舍得用。

以黑夜作掩护，灯光悄悄占领了城市。欲望是内奸，引领着罪恶在街道上大肆劫掠。人类的尊严躲进了好作家的文字里。海明威痛饮着黑啤；菲茨杰拉德哇哇呕吐；马尔克斯一只手搭着妓女的肩膀，一只手准确地打字——只差他了，一个即将拨响内心最纤细之弦的好作家——不用太长，短篇——毫无疑问，今儿个的太阳降落在小任老师的胸膛里，火烧火燎的。

九两装红星二锅头，下去了三分之一。

"冷静，"他告诫自己，"杜绝陈词滥调。"

故事讲一个良心未泯的老机关，明知不对，却仍然伙同一向为他所不齿的同僚一道，不断地伤害小机关……一位新来的大学生……从而自己的良心备受谴责。

"每一个句子都应活起来，而且老实，不经意间唤醒读者的经验。"

老机关越是自责，第二天越是对小机关刻薄，变本加厉挖坑设套害他。

"妈的。"好作家喝下一大口酒。

最可气的是，傻乎乎的大学生仍把他当成一个信得过的老大哥看待。到后来，当小机关无意中听到老机关跟那些垃圾一道攻击陷害他的时候，他崩溃了。其实，老机关一直觉得那孩子像二十年前的自己。可这并不妨碍他跟同僚联手做掉小机关。他骂自己是混蛋，没有灵魂的行尸走肉，垃圾堆里的猪。

"小机关的眼睛猛个劲回避老机关。对，猛个劲！"

小任老师起身，踱过来踱过去，然后坐下来喝酒。

他把屏幕上那两个字抹掉，重新敲上，一遍又一遍。

"先把题目想好，"他想，"躺到床上想，会好一些。"

小任倒在了床边的地板上。确实了不起，好作家谈拙，尚未诞生便已经喝醉了。

七十年代的琴声

放学了，我们去钢厂门岗听口琴。

他是个瘸子，光棍儿，看门的，当过工程兵。他跟上海籍班长学练的琴技。他的左腿"齐根儿扔在了塌方的隧洞里了"。

我们点，他吹。

点什么，吹什么。

他得意这样。

夕阳射来一片金色的光线，我们眯起了眼睛。

他坐在高凳上，轻轻晃动着木头假肢："来首黄色的，《莫斯科郊外的晚上》。"

私 奔

金家街有一个不设站牌的小站，从市内开出来的长途客车，在这里稍作停留，便一路往北进入了国道。

一九八二年十月二十日早晨七点左右，当日的首班车停了过来。

汽车开门的声响传进了刘颖的家。应该说是刘颖妈妈的家了，因为刘颖去年已经出嫁。母女俩正在吃早饭。女儿放下碗筷，跑去了窗前。

她把额头贴在玻璃上。

客车缓缓绕过街角上的书店，远去了。

她喜欢玻璃的冰凉，喜欢吱吱呀呀的车门声。这两个喜好，刘颖做姑娘的时候就有。愉悦的时候如此，郁闷的时候亦如此，或者说，把额头贴在坚硬的玻璃上，听着钻心刺耳的关门声，她往往既愉悦又郁闷，说不上来因为什么。

"怪物，你是个怪物。"妈妈坐在饭桌旁说。

"吴国庆不比你强一百倍？个儿，样儿，能耐，还不知足！"妈妈越说越气，"告诉你啊，妈向理不向人，没有你这样的，放着好日子不过，专找别扭不舒心。"

女儿端着空碗去了厨房，扭开水龙头。

妈妈说："小两口没有隔夜的仇，就不该留你，越留越生。"

"快家去！"妈妈差点儿撞到厨房的墙上。

洁白的墙壁是四女婿吴国庆上周刷的。他找了几个朋友帮忙，中午饭都不吃。粉子和刷子都是从单位整来的，一分钱没花。

妈妈语气放软："那你说说，到底为了什么？"

"什么什么？"女儿总算开了口。

"你和吴国庆呗。"

"我和吴国庆没有什么。"

"没有什么你们吵什么架？"

刘颖穿上外衣："谁说我们吵架了。"

他们确实没有吵架，刘颖不会跟吴国庆吵架，她只会把不满隐藏起来，而多数时候，她其实不知道有什么不满，即使发生了明显不满，也不是说出来就能够解决的。昨天下班回家，她发现最新一期《小说月报》的封皮撕掉，被吴国庆用去包了扑克牌。

吴国庆却咧嘴一嘿嘿："不耽误看。"

刘颖咬破了舌尖。

"我去妈家住一宿。"她说。

吴国庆搓搓手："正好跟李世民他们打两锅扑克，那俩臭手，不服我。来，别浪费时间了。"他把她抱到床上，做了晚上要做的事。

《小说月报》的封皮，是女作家丁铃的木刻像，一副饱经沧桑的笑脸，刘颖喜欢，并因此向往北大荒。说起来可怜，长这么大，她还从来没有离开过大连呢。

厨房里的妈妈仍在嘟囔。

刘颖走到大门口，想说句什么，舌尖倏地疼了一下，就没有张口，直接下楼去了。

二〇〇五年十月二十日下午，吴国庆来看望他的前丈母娘。每年这个日子他都会来一趟，已经成了一个仪式。如果说这么些年，他仍然没有从妻子出走的震惊和沮丧中走出来，那不是事实，他早已另组家庭，而且事业有成。尤其近些年，他来跟老太太聊聊天，唠些家长里短，有意无意说到刘颖，也不会再有特别的反应。有时候老太太唠叨几句，吴国庆反会开导劝说。

"她有她的选择。"吴国庆已经是吴总了，讲话水平进步很大。

"选择一老农民？还是大兴安岭的，多冷啊，脑子不是进水了吗？"

"小颖浪漫。"

"浪漫能当饭吃？"

"别人说，你们要是有个孩子就好了，我看不一定，她该跑还是要跑，谁知道呢，这里头肯定有咱理解不了的东西。"

刘颖也曾多次探家，只是吴国庆没有碰到过。这天他手拎礼品，迎面一个二十多岁的女孩，后面跟着她的姥姥。她们从楼梯口走出来。吴国庆顿感撕心裂肺。他似乎拦截住了正要离他而去的前妻。

吴国庆定了定心神，对副驾驶座上的女孩说："我跟你妈妈认识的时候，她差不多就你这么大。"

"那一定是在我爸认识我妈妈之前了。"

吴国庆说："自从你妈妈认识了你爸，我再也没有见到过她。"

女孩望着窗外："大连真漂亮。"

"你妈妈，她，怎么舍得离开的？"

"一见钟情呗，除了一见钟情，还有什么能有那么大的力量？"

奔驰车一个急转弯。

"呜！我姥姥家楼下原先有个书店，我妈妈去买杂志，《小说月报》，她原本有一本来，封皮坏了，而她又好像特别喜好那封皮，非要买一本不可，巧就巧在这里，书店只剩一本，刚刚被一位复员兵买走。那位复员兵还站在旁边没走呢，他在等车，准备去沈阳看望一下战友，再回黑龙江老家。听懂了吧，那位复员兵就是我爸。"

"他们原先不认识？"

"一分钱都不认识，别看我爸在大连当了四年兵，人海茫茫，没有缘分等于零。他俩聊了一会儿，车开来，我爸要上车走了。他把杂志送给了我妈妈。我妈妈跟他挥手告别，我那多愁善感的妈妈姑娘呀，当她想到，今后将永远再也见不到这位要'回大兴安岭猎黑瞎子'的小伙子了，顿时泪流满面。她为这个认识还不到十分钟的陌生小伙子泪流满面你懂吗？我爸也奇，他站在车门踏板上，伸出手，'来吧！'"

"你妈妈就跟他去了？"

"可不跟着去了。"

"她就不留恋——点什么？"

"除了我姥姥。"

原来刘颖就是这么轻易地把他抛弃了，而且似乎提都没有再提到过他。

"大连，再见，再——见。"女孩戏剧性地对着窗外挥手，可能在模拟想象中的妈妈。

吴国庆说："反正我也没事，干脆直接送你到沈阳。"本来只要他送孩子到火车站的。

"太好了，那，用不用给你老婆打个电话啊。"

不等对方寻思，女孩嘻嘻而笑："别让她起疑心呀，还以为你跟我私奔了呢。"

"哈哈。"吴国庆调整了一下身姿。

　　女孩却只顾往下说："对呀，说走就走，该多有意思呀。"

　　吴国庆边笑边摇头，一阵极度恐惧，又极度快意的战栗传遍全身，他开始能够理解刘颖了。

情人节晚宴

厨子患上了脱发症，每完成一道菜，都得往外拣头发。

餐厅里坐着两位客人，曾经疯狂相恋。

直到有一天，男的掉头发，一根一根，一把一把，一片一片，成了秃子，接下来其他部位，眉毛，睫毛，胡须，阴毛以及不多的腋下毛，跟着往下掉。

他的情人，那位女客，就相应除去自己的毛，颇费了些工夫。

从此以后，他跟她只一起吃饭，不再做爱。

厨子继续拣着头发。

两位秃子突然大哭起来。

给他那冰冷的铁栏杆

老姚跟我算邻居，他住花园的南边，我住花园的北边。这天傍晚，我们在花园散步相遇。他明显有些兴奋。

"老谈，"老姚跺了跺脚，把鞋上的雪震到了地上，"哥儿们昨天抓了个小偷。"

"小偷？"

"我们楼的老头儿大前天就跟我说，'注意了，看，就那个小子，在咱们这儿溜达了好几天了。'我走过去，经过那小子的身边，没停下脚步，也没看他，'该走就走啊，让人盯上了。'这个彪子，听不懂。

"晚上我喝了两口，刚准备躺下，就听楼下老头喊，抓小偷，抓小偷，我穿着拖鞋就冲下来了。我一看，怎么还是他，正跟老头撕扯呢，我这样，抓住他的衣领，我怕他揣了刀子什么的，我把他顶在墙上，翻他衣兜，翻出来一把螺丝刀子。趁老头走去打电话报警，哥们小声问他，'朋友，道上的吗？'他说，'你放我一马吧。'都听到警笛声了，怎么放？老头儿和一些邻居过来要揍他，我给拦下了，我说，'都别动他啊！'我声音很大，他们正愣着不知怎么反应，警察到了，'谁报的警，偷什么了？'像个蛋子似的。"

老姚是身上刺龙画虎的那种人，人到中年，喜欢唠点年轻时打架斗殴的事，虽然有些事已经讲过好多遍了，但他好像并没有觉得有什么不妥。

而当年跟老姚一块儿玩的那帮哥儿们，有不少混出了名堂，每说到这一层，老姚眼泪包眼圈的。

"亲不亲，阶级分，人家宝马，我捷达，不是一个阶级，找我，我也不去，没脸去了。假如当初我要不是进了工厂，狗屁大国营，唉，别讲了，人生根本就没有假如。八年大狱是什么？本硕博连读啊。"可是，当他说起当年如何耍了哥儿们，逃过一劫，又差点儿笑出声来，"我们要去山东干一票大的。说好了下午五点，在小明子家集合，一块儿坐车去码头。可哥儿们总感觉这事不对，我就七点去了，喝了几口白酒，小明子的哥在家，我故意问，'哥，人都哪去了？'小明子哥说，'走了，说好了五点，还以为你不来了。'我说，'啊，不是七点吗？'八点到烟台的船，七点走，还能赶趟吗？结果那帮子彪子，在码头全给拿下了，警察一瞅就知道不是好人，带到所里掏兜，什么刀子，锥子，全出来了。正好赶上了严打，一块儿就判了。哥儿们呢，什么事没有。老谈你猜，这小子到底要偷什么？"

"偷什么？"

"旧铁窗栏杆，我家拆下来，不要了，埋在我们楼前的花坛边上，防小孩子摘花的。"

"这算什么小偷，捡破烂的么。"

为躲避寒流，我两天没有出门，第三天在花园遇到老姚。

"越冷越要出来，锻炼身体么，没有你这样三天打鱼、两天晒网的。哎，就刚才，我从家里出来的时候，又看到那个彪子小偷了。警察肯定也看出他精神不正常，又没真偷什么东西，就给放了。我慢慢走过去，跟他套近乎，'那天他们要揍你，是我给拦下了。你忘了？'真是个彪子，他已经不认识我了。我还怕他报复我呢。"

"他哪儿的？"

"黑龙江来打工的，没挣到钱，给愁彪了。那小子确实抗冻，这两天多冷啊，他连个棉袄都没穿。我跟他唠了一会儿，前言不搭后语，他说他住在桥底小平房，朋友那里，朋友回家过年了。我问他，'你怎么不回家过年？'他说他不过年。这是正常人说的话吗？那个小瘦样子，唉。"

再见到老姚，他站在花园入口处，戴着手套，拿着锤子和钳子，向我这边张望。

"我算服了那个彪子了，一天去好几趟，就盯上那铁栏杆了，那是金子做的？得了，老谈，今天咱俩拆下来，送货上门，给抬到小平房去，我是不愿意再看到他了。"

　　铁栏杆插在冻土里，我俩轮换着敲打，摇晃，不一会儿，出了一身汗。

　　"歇会儿，"我说，"胳膊抽筋了。"

　　老姚说："加油，就当咱俩在偷，警察马上要到。快呀！"

老三羊汤馆

父亲魁梧，女儿长得酷似陈慧琳。

她的男朋友就差劲多了，消瘦，白面庞，染了黄发，嗓音尖细，举止猥琐。我说父亲怎么一进门就显得气哄哄的呢。

"躲开！"因为小黄毛的位置影响了上菜，父亲毫不客气地呵斥他。

女儿却温存甜蜜，给小黄毛拿勺子，递调料。

喝羊汤的时候，父亲把身子扭向一边。

女孩真是漂亮。

但她似乎并不知道自己有多漂亮，表情单纯，穿着朴素，一门子心思扑在男朋友身上的那种。

黄毛突然对女孩说："他把烟戒了我就戒。"

说话时还用手指了一下女孩的父亲。

父亲的大手握成了拳头，牙齿咬得咯蹦咯蹦响。

欺负库克

大厨往408床上一躺，立刻察觉出了有什么地方不对劲。

其实我们笑得很轻，不过是绷紧的神经放松了片刻而已。

我陪护我爹，普兰店老太太陪护她老公，雇来的乔姐，陪护眼睛肿成了一条线的老狱警，老狱警已是"就这几天的事了"。我们三位陪护笑了。三位对自己的病情仍然半知半不信的肺癌晚期患者，一点都没有笑。

大厨扭动了扭动身体，眼望天棚："刚抬走是吧，医院嘛，哪张床不死几个人。"

还真就是这么回事。昨天半夜，408床的老吴头走了。他霍地坐起身来，然后缓缓倒下，等我们把大夫喊来，瞳孔已经放大了。老吴头也是个厨师，国营饭店厨师，近几天，他说得最多的两句话是，"憋死我了，憋死我了！""老天爷啊，我没干什么坏事，怎么让我遭这么大的罪？"

408床的新病号没有像老吴头那么憋，他只是咳嗽，一咳一串儿，停不住，恨得他捶胸顿足，用手捏着喉咙往外拽，左右扭转，但都没有用，挂了一下午吊瓶，仍然咳。
"哎呀，我真在乎了！"

"现在知道了？在家里怎么说都不听，"大厨老婆吼
他，又转向普兰店老太太，"一天到晚喝，睁开眼第一件
事就是喝，不让喝，偷着喝，你们看他的手。"

大厨就把手伸出来，果然抖个不停。

大厨望着我："不是装的，来两口就好了。不用多，
就两口，神了。"

大厨老婆说："还喝？我明早从家带两瓶二锅头，让
护士直接给你输进去。"

大厨皱着眉："大胖老娘儿们，净瞎整，这跟酒有什
么关系？嗓子，长了个东西还是怎的，哎呀，烦死了。"

"别忘了！明早上空腹抽血，不能吃东西。"

大厨老婆要回去了，大厨拉她的手："再多陪我一会
儿吧。"

她甩开，"家里还有外甥狗呢，"她朝向普兰店老太太，
"平常怎么说也没有用，就知道喝喝喝。可不是么，酒鬼。
闺女和女婿都不搭理他。住院了，好，老实多了，咽不下
东西了，"她拍拍老公的脸，"听话，明早儿什么也别吃，
验血，能记住吧？海参晚上吃，"她对着乔姐，"喝得二乎
乎的，什么事都记不住，"她又转向我，"小胆儿，别看他
五大三粗的，怕死。"

大厨嘟囔："我怕死？哼，四把艾姆幺六对着胸膛，

我照做照吃照喝。"

大厨老婆走后，普兰店老太太说："老婆对你不错啊，你这个人有福。看长得吧，福态态。"

乔姐说："每天一只海参，高干待遇啊。"

大厨沙哑着嗓子道："老婆对咱，那绝对没得挑，三十多年，一年三百六十多天，一天一只。我跑外的时候，给带上一大包，只多不少。怎么喝上瘾的，海上漂着，没有什么事儿，几个关系不错的哥儿们，就在房间里整点。休息时间，谁也管不着。从十八岁开始喝，今年六十一，多少年了，戒得了吗？"

"退休了？不像，你长得真年轻！"

"海参顶的，嘿嘿。我从客运公司退的，客运公司归上海管，待遇不一样，退三千多块，还行呀！长一级工资，大连这边一百来块，人那边三四百。够花就得了。好吧，不讲这些婆婆妈妈，讲真事？我的事？亲身经历的？我想一想，反正也是咳，这倒霉嗓子。"

我爹已经睡着了。我和大厨来到走廊。我们倚着窗台站着。

我说："四把艾姆幺六怎么回事？"

"一把，一把艾姆幺六。我低调，你不问我才不会讲，老弟我跟你说，人啊，这一生至少得干一件牛逼的事，要不空手走一遭，白活了。

"那次我们往罗马尼亚运木材，到波斯湾，军舰把船拦了。美国佬怀疑咱们往伊朗运军火。美国佬不跟你讲理，开着小艇登上了我们的船。开门！开门！够！够！把我们全船上下二十八个人赶到会议室里。然后一顿搜。

"军火？一根火柴棍都没有。美国大兵并不算完，照航海日志，审船长，从上午十点一直到下午三点。人家军舰送过来汉堡和可乐，美国大兵吃喝，我们只能干坐着。老弟你知道，我一点儿一点儿地开始受不了了。船长大副是饼子，不代表全船都是饼子，咱得拿出点志气，我站起来，挺直了胸膛。"

大厨做一手端碗一手往嘴里快速扒饭状，然后指着自己的鼻子："'欺负库克，欺负库克，嗯，嗯？'美国大兵瞪着我，我瞪着他，怎么了，我就瞪着他。"

大厨瞪着我。

"美国大兵去请示他的上司，上司同意。这回该哥儿们露一手了！你们吃汉堡香肠，中国人吃海参大虾！我到厨房，先吹了一瓶青啤，把气定了下来。海参找出来，数了数，二十九只，这是老婆给我从家里带的，一天一只，就剩这么多，全做了。

"米饭蒸上后，我开始烤大虾。路子都差不多，味道绝对不一样，呵呵，不知道什么道理。我把最后一滴汁磕进盘子里，那个一直跟着我，端着艾姆幺六，长得像蔥豆的大傻个子美国兵，在我的身后直咂巴嘴。

"重新把锅和勺子刷巴干净，做红烧海参。我一刀下去，海参分成两片，中间却还连着那么一点点。就这一点点，够你练三年的。这是刀功。点上火，油，一点点儿盐，一般厨子不放盐，我一定要捻一点点儿，不管做什么，我都要放盐，做拔丝地瓜，我都要捻一点点儿，然后酱油、糖，焯过了的海参，好，下锅，煸！煸！煸！扁了，味道也进去了，不啰唆，出盘。

"二十八份儿，大虾，海参，米饭，加一小碗黄瓜鸡蛋汤。我做主，一人再开一瓶啤酒。全体美国大兵全直眼了，馋得猛擦口水。他们的头儿一看这情形，没等我们吃到一半，就一声令下，撤退了。船员拥上来拍我的肩膀，捣我的胸膛，船长掏双手跟我握手，宣布加我奖金一百五十刀。怎么样，老弟，眼镜戴着，你有类似于我这么辉煌的经历吗？"

"没有。"

这时，里边乔姐扬手喊我，我爹醒了。

我赶快进屋，给我爹接了泡尿。

大厨跟在我身边，他看着我爹，我爹躺在床上回看他，似乎要接着刚才的问话回答点什么，可转眼就又迷糊了过去。

我问："还剩一只海参呢？"

大厨说："你是会听故事的，我再回到厨房，锅里一干二净。我后来仔细回想了回想，可以确定，我曾听到过我身后的憨豆，'嘘溜'了一声。这可以理解，我做的红烧海参么，到嘴里就活，没等他嚼，就直接滑下去了。咳咳。"

英雄好汉不借钱

大健睡醒有一阵子了，他躺着，无意中听到了自己的叹息声，他的老婆仍在酣睡，这位比他小二十岁的姑娘，依然保持着三年前歌房做小姐养成的作息，要睡过了十点，才会起床。

向来心念很粗的莽汉，觉察自己竟然在叹气，更烦了，他下了地，去卫生间，坐到马桶上，连续抽了好几颗烟，站起来，又坐下。

刮胡子的时候，对着镜子，他刮的不是下巴，而是眉毛，好在只刮到一点点，猛然醒悟过来。

"妈的。"

连骂娘都有气无力的，这一层，他也羞愧地意识到了。

到门口，穿上鞋，又脱下来，轻轻返回房间，从抽屉里找出一把带鞘的匕首，揣进了上衣口袋。

大健驱车向南，遇到堵车，又掉头向北。

目标已经过了，他却继续向北，跑了长长的一段，才往回折返。

聚鑫酒店大堂，大健找到了老板三明。在进门的一瞬间，大健倒是希望他要找的人不在这里。或者他本应该继续向南，去找另一位朋友。

三明热情招呼。但对大健而言，眼前的三明，只清晰了一下，便迅速模糊不清，飘忽不定，与他无关。

大健承认，他想要的，今天还是不可能说出口。

其实，这一趟根本就不应该来。

有些人真的是不可能有任何改变的，像以前一样，三明翻来覆去，只那么几句，吹他会赚钱，如何把预算开销，精打细算到一张餐巾纸。"一张餐巾纸，并行的。"然后怀旧，怀念两人共同有过的战斗经历，特别给庆华摆事的那一次，对方三十多号人聚在大堂，这边只有大健和三明，哥儿俩把炸药捆在腰上，一人一支双筒猎枪进了楼。"我常常给那些小崽子讲，老哥哥那才叫生猛。"

三明想到哪儿说哪儿，颠三倒四，一头雾水。

"唉，我们都老了，"三明说，"你也老了，打打杀杀，干不动了。"

大健喝着冰镇啤酒。

"现在这些小崽子，没事就待在网吧里，一百块钱一个，便宜，QQ上一喊，要多少有多少，砍刀自带。谁还请你？"三明说。

大健一杯接着一杯。

"当初我就劝你，一定要有自己的买卖，自己干。庆华待你不薄，但是别忘了，跟着别人，总是不踏实，不长久。也不能说不长久，十年了，不算短，可是最后怎么样，娱乐城黄摊儿了，你这个保安部长，不还是成了下岗员工？"三明说。

大健觉得，三明的每一句话，都催促他离开，只是青岛啤酒在挽留他。

大健两口一杯，三明立刻给倒满。

大健接了个电话，老婆打来的，关心他去了哪里。

大健轻描淡写，要她不必担心，晚上回家。

"还是那个小姐吗？"三明醉眼惺忪。

大健站起身。

"她现在是我老婆。"大健说。

三明看着大健。

"你得叫嫂子。"大健说。

三明没言语。

"听到没有，那是你嫂子，叫嫂子。"大健说。

"好吧，我错了。"三明说。

大健说，"我不管她以前做什么，她现在是我的老婆，我们是正儿八经办了手续的，你知道吗？你得叫嫂子。"

"什么嫂子，别闹了。"

"谁跟你闹？叫嫂子，现在你就得叫。"

三明站了起来，他比大健矮了一个头。

"你永远是我哥，行了吧。"三明说。

"我是你哥，她就是你嫂子。你必须得叫她嫂子。"

大健说："必须。"

"好吧，"三明坐下，"哪天带嫂子过来，我请客，咱们两家好好喝一顿。"

大健仍然站着，他说："我已经半年没往家交一个子儿了，你嫂子有过半句抱怨没有？没有。你让你老婆试试，少交一个子儿，就你那老婆，还不得蹦上天？"

大健离开了三明，天黑还早着呢，但他哪儿也不想去了，他要直接回家。

到了门口，他本应掏出钥匙，却掏出了打火机，咔嚓，对着锁眼，打着了火。

"妈的，彻底傻了。"

大健用钥匙开开门，撞了个正着。

大健老婆有一个年龄相当的旧情人，一般都约在外面，偶尔才来她家。

"谁都想来欺负我。"

大健咬着牙，劈头盖脸，把第三者砸晕了。

火头上，他掏出匕首，在小情敌的脸蛋上划了个大十字。红光一闪的瞬间，大健顿觉释然。

所有苦恼，惶恐，挫折，焦虑，失败感，中年危机统统消失了。人一下子回到了二十年前。无忧无虑，跃跃欲试。

　　"哭个屁，三个数，闭嘴，一,二,"大健对老婆说，"先打 120，命大还能救活，等我走远了，再打 110。"

　　在车上，大健打了几个电话，把银行卡号（"跑路费。多少？你看着打"），姓名，一一报给了对方，从容镇定，心安理得。

听导演讲作家讲不出来的故事

"不用考虑语言，把故事讲好。这是最难的。不服你试一试，等确定不会讲故事了，再去搞现代后现代不迟，你以为我不知道你们这些先锋作家是怎么回事？专拣你们不会的攻击。你手上有没有现成的故事，说一个梗概，我当场给你指点一二，没有？一个也没有？那我讲一个。

"用电影的样式讲。《1/2 日》。

"棕红色。棕红色的厚窗帘。窗帘被穿戴整齐的中年男子拉开。阳光。床上闭着眼睛的女孩，皱了一下眉头。中年男子走到门边，又退回来，到床边，欣赏的目光端详着女孩，然后起身，打开手包，拿出一叠票子放到枕头旁，转身离去。轻轻开门，重重关门。

"女孩睁开眼，起身，裸体走到窗边，往外看。楼外，男子昂首走到车旁，开开车门，车子开走。女孩离开窗子，抄起一件上衣披上，裸着下身，走动，找到手机，打电话。明明，我妈把钱打过来了，一会儿转给你，先把学费补交上。我在学校。没干什么。麦当劳吧，不见不散。

"中年男子在开车，听流行歌，优雅地点烟，心情愉悦。红灯，停车，他打了个哈欠，并用手动了一下车上挂着的一个饰物，望着它转动。

"女孩推开旋转门。麦当劳。要了一杯可乐，坐下，向窗外望。她非常漂亮，引来周围人的注目礼。

"窗外街道上车来人往。一个极有特点的傻子边小跑边朝一路人说什么。嘴在努动。

"女孩低下头，掏出手机。闯关游戏。顺利，顺利，最后撞墙。重来。

"开车的中年男子。掏出手机，打电话，前方出现紧急情况，一辆出租车撞了一辆自行车，他赶紧躲避，撞到了路旁的大树。

"女孩手机的游戏，轰，结束。她手机放到桌子上。喝了口水。美丽的安静的有性格的面孔。

"车祸现场。乱糟糟的。一辆倒着的自行车，躺在地上穿黄裤子的被撞的男孩。肇事司机从车里出来，手足无措，脸上往下淌血。躲避事故而撞在树上的中年男子坐在车里，捂着头。交警。救护车。男子进了救护车，拉走。几个人围着黄裤子的男孩，一时不知如何是好。

"女孩。手机响，她微笑着抓起电话，看到来电，却犹豫，还是接了。是那中年男人。静静地听电话。怎么样？没事吧？那，好吧。

"女孩朝门口望了望。她打电话，没人接。又打，还是没人接。她出来，到路边上，等出租车。

"刚才那个极有特点的傻子又转了出来，边小跑边极有特点地问她，你、说、是、公、共、汽、车、跑、得、快、还、是、飞、机、快？

"一小队人捧着鲜花走在医院的走廊上，来到单间病房，毕恭毕敬地。中年男子简单询问，安排了几句，公司了，业务了，就把他们打发走了。

"出租车里，女孩反复按电话，没人接。从车窗看到医院的大门，白大褂进进出出。

"单间病房内，中年男子把女孩抱在怀里，笑着说，差一点就看不到你了，你来了，感觉好多了，我第一个想起来的是你。女孩说，没事吧，没事就好。中年男子说，你真冷漠。一妩媚小护士进来，量血压。中年男子问她撞车的司机和被撞的小伙子怎么样了，护士说，司机没事，小伙子正在抢救。是个大学生，还没联系上他的家人。他要抽烟，没有了。女孩出去买。临走前他把卡给她，告诉了密码。我们认识的日期。她似笑非笑。小护士暧昧地笑。

"中年男子躺着看报纸，看电视，女孩留下的包包里电话响。反复响。男子看着包。

"女孩下楼，经过抢救室。有病人躺着，露着黄色的裤角，医生护士在忙乱，有位护士在打手机。

"她买了中华烟。回来经过抢救室。护士还在打手机。

她放慢脚步，又加快。

"单间里，中年男人撕开烟，取出一支，把火给她，她给他点上。他很满足地吐出烟。告诉她有电话。

"她取出电话，看了眼来电，到走廊，打回去，脸色大变，狂跑。小护士擦肩而过。

"抢救室，一个护士对另一个护士说，打了十个人，通了三个，都是他的同学。

"女孩冲进来，拨开众人，抱着躺着的人喊明明。护士把她拉到一边，要她冷静，问她是他的什么人，能否联系上他的亲人，情况紧急，不交足押金，CT了，手术了都不能安排。女孩掏出钱，五千。不够。

"中年男子来到门外，空无一人。他走进医院的长走廊，来到杂乱的普通病房区，转回来，遇到妩媚小护士，进到她的观察室。观察室就在他的病房隔壁，有小窗子能看到里面。他跟小护士打趣。

"女孩给明明的老师打电话，不通。接着打，通了，老师说他马上往医院赶，安慰她，让大夫接电话，大夫冷漠地说没用，优秀学生是你们的事，医院有规章制度。她焦急。男孩的同学来了几个。都没有办法。

"她跑出来，跑到楼上，在单间病房前她犹豫了片刻，推开门。中年男子不在。

"她翻男子的包，找出银行卡。往外走时，撞到了中年男子。中年男子回来了。把她的慌乱看成妩媚，抱她。

卡掉了，她并不知道，执意要往外走。他严肃地问出什么事了。她说回来告诉你。跑出。

"男子捡起卡，狐疑。

"观察室里，小护士在偷窥。

"女孩一口气下楼，到抢救室外，跟同学们简单询问几句，跑到提款机旁，却没有找到卡。又跑回抢救室，哭。擦干泪，又跑上楼梯。

"小护士和中年男子把这一切看在眼里。小护士过去跟同学搭话，套出她跟男孩是恋人关系。中年男子听着，脸色极不好看。小护士暧昧地往男子身上靠。养小白脸，大老板觉得遭人耍了。沉默一段时间，中年男子说，待会儿你看好戏。中年男人掏出手机，对小护士说，拍视频，会用吧？

"女孩在单人病房内，焦急地等。

"中年男人平静地进来。女孩很焦急，又无从说起。中年男人故意扯东扯西。女孩崩溃，说出了实情。中年男人发怒，谴责她，说好了不交男朋友的，你先背叛了合约。女孩说，你的钱我会还的。中年男人说，你拿什么还？现在还，还呀，女孩求他，恭维他。中年男人拉过她，按她头，她不同意。中年男子表明，她跟他在这里做，做完了，卡就给她。

"你说，她会接受吗？

"不感兴趣？

　　"我胡编乱造？唉，你呀，既不懂故事，又不懂电影，还不谦虚。"

第三只眼

看见了（以下简称 K）：我们刚认识的时候，你是位诗人。

高老庄（以下简称高）：现在也是，难道不是了？我写了二十年诗。丁点儿新奇的事物就会让我激动不已，打小儿这样。下雨，下雪，一张笑脸，眼泪就更不用说了，都会令我感到诗意盎然。诗意一直在我身上，在我的心中，感觉那么强烈，实实在在的，一部分我写了出来，一部分我藏在心底，无法道尽。

K：后来又知道你曾是位画家，也搞装置、行为艺术、小剧场。你还经过商？

高：跟艺术有关的行当我干过不少，都想尝试一下。为了生存我做得更多，我开过书店、酒吧，做过穴头，倒过火车头，烤过羊肉串，后来，实在无奈进了电视台。可所有这些仿佛都是外在的，没有最终把我解放出来，这多年来，我被种种念头、想法、句子、故事、形象以及惆怅迷惘空虚所拧成的绳索捆住了，我一直在寻找一种方法把它们解开。

K：所以想到了拍电影。

高：拍电影算一种，麻烦多，乐趣也多。跟写作、绘画相比较，我觉得拍电影是有可能解开绳索的最直接的方法，我正在试。

K：我记得有人说过，说你曾经发誓要拿诺贝尔文学奖，是不是你呀？

高：初中的时候，我们班就有好几个同学想拿诺贝尔。那时我刚念初中，爱上了我们班的班花。她姓班，名花。我想怎样才能赢得班花的爱呢？我除了会写诗写小说，其他条件都略处下风，我想我只有抢在他们前头把诺奖先拿来了，第二个拿就晚了呵呵。

K：后来呢？

高：我考虑到汉字经过翻译，味道会大变，就有点灰心了。

K：那个漂亮小姐呢？

高：你说班花，她跟了我们班的班长了。班长是他的外号，不是真正的班长。

K：现在跟她还有联系？

高：有一天在菜市场我见到她了，远远地望见她，她没看到我。我躲了。

K：躲了。这个可以用到你的电影里。

高：将来吧。我还有好多触动心弦的场景等着拍出来。

K：《东海》算是触动你心弦的那种吗？

高："十一"期间，我偶然来到东海，一下子就被一种特殊的气氛抓住了，当即就在那儿租了间房子住下。十月份正是养殖户收获的季节，而同时紧锣密鼓地进行着的，是整村拆迁的前期工作。因为从明年开始，近海所有的养殖将被禁止，这里的渔民和他们的雇工都在面临一个巨大的变化。而这个变化在他们的脸上是看不见的，完全被收获的忙碌所掩盖，可我确感觉到了他们内心的麻木悲凉，和无可奈何。

K：感觉这个更适合做纪录片。

高：纪录片想过的，差一点儿就干了，是这样的，我，小包，小苏，还准备再找几个人，我们同时干。一人抓一个题材，有跟船的，跟小卖铺的。我准备跟的是村子里的狗，这村子里的狗很多，有公狗有母狗。它们毕竟是狗么，它们不知道自己的命运也要来一个改变。有人还为我设计好了最后一个镜头，一条狗蹲在马路边上，面对一栋栋拔地而起的新建筑，不声不响的，不声不响的，一个很长的镜头。

K：预先设计好了。

高：所以那不如搞一个情节片。虽然最终它（《东海》）的故事并不那么明确，可以说根本就没有什么故事，仅仅是一个情节，一对年轻男女在海边邂逅相遇，最终男孩脱衣下海消失。有点莫名其妙，但你绝对能看懂，能理解，能接受，跟这个村子一样，就那么活生生地，消失掉。

　　K：片子我看过，有感觉，虽然看不出它究竟要说什么。但作为一部三十分钟的短片，它是成立的。有自己的生命。三十分钟一个长镜头下来，并不枯燥。观摩的时候，我故意排除朋友的身份，把它想象成这是一个比较讨厌的人拍的，我当时想的是老谈，可看完了还是觉得不错。它有东西。有你独特的东西。

　　高：老谈是谁？

　　K：一个写小说的，憋半年能写二百五十字。

　　高：脑残一个。咱讲点正经的，这部片子独特的东西是长镜头。只不过这次是移动的。我去年拍的两部（未完成），固定长镜头多了些，看起来有些闷。几经动摇，我庆幸我坚持住了，就是长镜头，第三只眼。

　　K：可我还是觉得电影应该怎么好看怎么拍。剪切，蒙太奇，闪回，画外音都可以用。而你似乎反对这些。

　　高：长镜头也可以有蒙太奇，镜头内蒙太奇，更好看。归根结底，这是导演个人口味个人风格问题。我喜欢纯粹。不喜欢那种大杂烩。

　　K：第三只眼是你提出来的吗？

　　高：是。《东海》可算作是第三只眼一次实践。

　　K：什么叫第三只眼，简述一下？

　　高：就是我的摄影机既不是剧情中某一人的眼睛，也不是观众的眼睛。它既不按照剧情中人的意愿走，也不按照观众的意愿走，它有自己的路线，它是个第三者，想看什么就看什么，它虽然走在舞台上，却不参与剧情，但却同时"捎带着"就把剧情拍了进来。从观众这方面来说，既看懂了剧情，又看到了剧情之外的一些东西。丰富，有变异。我孜孜不倦追求的，就是这种东西。我觉得第三只眼的拍摄方法很有潜力可挖。

K：不错，我喜欢，一定要有野心，敢为天下先，无所顾忌。另外你的摄影师很年轻，也很可爱，我觉着他长得很像我年轻时候的一个朋友，小丛。

高：小包八四年的，很聪明的孩子。还有乐棚的大勇，两位主演王峰和张弟，都很年轻，小苏，李雯，杨铃，阮航，大娟，小马，全超，小周，上海的东东，四川的二奶，年轻人干事聪明有热情，我想明年我们这个团队会更默契更强大。交新朋，不能忘老友，先进文化的少飞老师，罗汉榻上的田老师，同志韩文科，兄弟民族的金老师，西藏来的惋，媒体的卢海曲振谭心刘征和大宋。还有你，自打我们认识，我家的碟了书了的就没少丢，算了算了，不追究了。没有这些朋友的鼎力支持，就不会有《东海》的完成。在这里我还要特别感谢一下男主角王峰，他为本片献出了他的第一脱。全裸，这是很不容易的。

K：听说明年你要做个长一点的剧情片。

高：做长剧情片的这个想法一直就有。有两个困难，缺好剧本，缺资金。最主要的是资金。

K：《东海》送香港参赛了？

高：送了。拍电影就是这样，它不像写诗，可以一辈子玩清高，我就写给我自己看，谁敢把我怎么样呢？还真就没人敢把你怎么样。因为从更多的意义上看，写诗不就是写清高写纯真写悲壮写孤独么，比的也是这个。可拍电影没人这么硬。我希望《东海》能获奖，不是希望，是渴望，这样我的下一部片子的资金搞起来就能容易一些了。这是个很实际的问题。当然，我还会百倍地努力整出一个好本子出来。

K：你行。

高：谢谢。

K：不行还有下次。

高：对。

K：再随便问一句，你拍过几次裸照？

高（数手指状）：一二……哎，你哪个报社的？你们领导是谁？

焚身之火

我所在抖音群里有一个热帖，转帖人说是真事儿，群友也觉得很像真事儿。

我这个群的群名叫"真实江湖"，群规"讲述真实的江湖，文学创作者滚犊子"。刚入群时我被吓了一跳，纳闷它怎么知道我要搞文学创作？

群里进来几位社会大学毕业的大哥，对那个帖子不以为然，异口同声"假的"。

又有群友转过来一个音频，间接支持了大哥们的观点。音频来自张涛同号，一位不便透露姓名的号友，他说当时"张涛气疯了，多大点事儿呀，打了几个民工，就判没了？他大骂梁旭东把自己坑了，连累了，你梁疯子得罪谁不好你偏要得罪老田。张洪岩喊话劝，被张涛连带着一块儿骂了"。

梁案被告排在第十一位的"二立闯江湖"在我们群里，我们问他对热帖怎么看。"二立闯江湖"态度谨慎，说他关在另一栋楼，跟岩哥涛哥距离远，没有可能听到他们之间的对话，不过，他很愿意把热帖当成真事儿。"二立闯江湖"做主播时间不长，粉丝量已经突破了十万，他做直播坚持三不说，不是亲耳听到当事人讲述的不说，不是亲眼看到的不说，不是他亲身经历的不说。

现在我把帖子复制在下，供大家辨别：

……终审即将开庭，因为生死官司，家里不断地传来最新消息，梁旭东团伙前四把上路，张洪岩团伙前三把上路。张洪岩和张涛在终审开庭的头一星期晚上，大约十点半左右，生死兄弟的对话：

张洪岩喊："小涛啊，你睡了没？"

张涛说："老铁，有事儿吗？"

张洪岩说："你家来没来信儿？"

张涛说："大姐来信儿了，没啥大事，最多十多年，起诉书和判决书排第四，我又没有小命命，死不了。"

张洪岩说："真的假的？我收到信儿，我是一把判死，刘威是二把判死，张涛你是三把，前三都上路。"

张涛说："不对呀，老铁！你没跟我开玩笑吧？老球子冯况明不是第三把吗？"

张洪岩说："老铁啊，不对呀，涛，你升级了，排第三。"

大约过了一分钟，张涛没吱声。

张洪岩说："涛啊，你怎样？"

张涛说："老铁，准不准？"

张洪岩说："百分之一万准，最新消息。"

张涛说："第三就第三吧，判死就判死吧，咱不死谁死，如果让咱俩回去，长春还能消停吗？不得翻天？"

二〇〇〇年九月十九日，梁旭东、张洪岩、张涛带着四个兄弟一行七人上路。

二〇〇五年前后，"他们"论坛出现一个短帖，从内容到语言，都令我惊羡不已。我当即下载保存，一直保存了十多年。其间我好几次打开，只为了看看它还在不在，都没有舍得读第二遍。

后来搬家把存好帖的 U 盘弄丢了，成了永久的遗憾。我有个毛病，每次打开电脑总爱捡破书烂帖先看，好书好帖留着以后享受，但是只可惜破书烂帖太多了，总也轮不到好书好帖子，以至于多年以来，我实际一直沉浸在破书烂帖当中。现在我又想起那个好帖，想凭借感觉还原一下它的内容，至于句子神韵结构技巧，肯定都无从谈起了。

故事发生在上世纪七十年代，某城郊区一座化学厂仓库。仓库女保管员看上了一位送货司机。女保管员已婚。司机是个生蛋子。

女追男，隔层纸，女保管员只要一点小手段，就老鹰抓小鸡没个跑儿了，两人在漆黑的仓库最深处，发生了第一次肉体关系，以后都在这个地方，很多次，进门先把灯关了，一前一后，两人走到仓库深处，最后一排货架子后面，发生肉体关系。那次小伙子终于忍不住了，他还从来没有看过女人那个地方长什么样儿呢，他点着了打火机，烤得手指扛不住了才关上。他搓搓指尖，再次把打火机点着，反复多次，这下子烧得太疼了，打火机甩了出去。

他赶快起身，肩膀却撞到了货架，试剂瓶掉到地上，摔碎了，刺鼻的试剂流出来，流向了滚烫的打火机。

大火引发了连环爆炸，等消防车赶到，已经毫无办法，消防员只能远远地站在外围，看着仓库烧光。女保管员烧成了一捧灰。拉货司机光着身子逃了出去。坦白从宽，判了个无期徒刑。

拜 年

安晓勇去王军家拜年，开门的是王军的二姐。

"二姐过年好。"

"王军不在家。"

"说我来过了就行。给大叔大婶拜年，给你们全家拜年。"

二姐身后屋里，像是王军的妈妈："谁呀？快让进来！"同时传出小孩子的嬉闹声。

安晓勇听着是一个女孩和一个男孩，女孩是姐姐，不对，是妹妹。

门关上了。

坐了四十分钟的公交，专程来给朋友拜年，朋友不在家，那就该往回走了呗。街道空旷，车辆稀少。路旁两位老头坐着马扎子下象棋，安晓勇抱着臂膀，凑了上前。

他不看棋，看不懂。他看下棋人的手，对面老头的右手特别有意思，刚才手指捏手指啪啪作响，现在从烟盒里掏出颗烟送到嘴上，该拿打火机了，却从棋盘中挑了颗棋子，好不容易找着一个地方下落，又被缓缓顶了上来，这不算，一、二、三、四、五、六，没错，六根啊。

安晓勇赶快用手捂上嘴巴，以防祸从口出，这方面的亏吃得还少吗？车马炮认识，刻繁体字也认识，只是搞不懂它们各自的走法。其实，他认识的字比任何人都少不了多少，至今订阅着《参考消息》和《军事天地》呢。语文课上从不趴桌子打呼噜，放学他写字、查字典、看小人书。功夫不亏有心人，一次期中考试他的语文成绩取得了历史性的突破，六十点五分，好家伙，全年级都轰动了。只可惜好景不长，很快便从巅峰滑落，每况愈下，不可收拾。"难道安晓勇同学骄傲了？"王军嘲讽他。王军常常没轻没重拍他的脑袋，他也不做计较。每当处理王军跟同学打架，老师总要说："差一个，全班打遍了。"这一个，就是安晓勇。

从小学一年级到初中三年级，哥儿俩的成绩排名雷打不动，倒数第一安晓勇，倒数第二王军。"咱可不能跟人搞攀比。"安晓勇告诫自己。初三毕业，安晓勇和王军都找活儿工作了。安晓勇在锅炉厂当门卫，一干快二十年。王军不怎么安分，一直在换。两位好友上一次见面是三年前，王军来锅炉厂找安晓勇，说是办夜大听课证，差了十块钱。当时安晓勇满身只有十块钱，毫不犹豫掏给了他。

"倒数第一帮助倒数第二。"安晓勇脱口而出。

举棋不定的老头顿开茅塞，放下手中的马，举起最后一排的车，"高哇！"

往下重重地一拍。

这边的老头不乐意了："咳咳，五讲四美三热爱，观棋不语真君子。"

安晓勇自知失言，赶忙离开。

"别走！"

他走得更快了。

"晓勇，是晓勇吧？"

原来是刘婶。老邻居碰面实属难得，刘婶执意要他家里坐坐，安晓勇谦让不过，坐坐就坐坐吧，过年了，就是挨家挨户拜年呗。

刘婶家住一层，屋里很安静。安晓勇问："叔呢，我得给叔拜年。"

"上山了，快十年了。"刘婶笑眯眯地。

"快十年了？跟我爸差不多。"安晓勇说。

"啊呀，你爸什么病？"

"我还真不知道。"

"不知道？"

"大夫也不知道，还是个副教授唻。"

"你妈还好吧？"

"我妈前年走了。"

"我记着你妈身体一直不大好。"

"我妈身体挺好的，后来被我给愁坏了。她老爱操心。"

"当老的哪个不为孩子操心？晓勇，成家了没？"

"没，"安晓勇略显羞臊，但仍然大大方方地承认道，"前几年看过两个，我二姨给介绍的，都不合适，算了吧，我也不想找了，婶你是知道的，我这人嫌麻烦，还是一个人过方便。"

"你哥呢？"

"我哥家我也去，十天半个月去个一趟半趟的。我侄子小时候可聪明了，他往地瓜上抹狗屎，我吃了两口才发觉不对味。"

茶几上摆着糖烟瓜子，刘婶烧水沏茶。

安晓勇四下张望，终于说："婶，兴全呢，他没在家？"

兴全是刘婶的独生儿子，安晓勇上学时候的班长，学习好，人骄傲，除了批评和训斥，不会理睬安晓勇这样的差学生。

"等等。"刘婶说。

她蹑手蹑脚走到里屋的门边，打开门，朝里望了望。

安晓勇已站起身，准备随时走掉。

刘婶轻轻将门带上："咱们先包饺子，煮熟了再叫他。"

安晓勇说："不了，婶，等兴全醒了，告诉他我来给他拜年了。"

说完要往外跑，被刘婶拽住，坚决不许。饺子馅提前调好了的，擀皮现包。安晓勇既不会擀皮，也不会包饺子，只一心一意唠嗑，他把去给王军拜年的事说给了刘婶听。

刘婶说："王军那个皮小子，见了我招呼都不打，像没见着一样。"

"婶，别生气，他就是那副德性，心眼儿不坏。"

"领着对象满街跑哪，你还别说，小姑娘是农村来的，倒是长得不丑。"

"是吗？这小子，有对象了也不汇报一声。对了，婶，兴全早结婚了吧？"

刘婶摇了摇头。

"以前那些女同学了、女朋友了，那么多，经常来，现在过年也不来了。一个不来了。"

安晓勇虽不明白其中缘由，却看得出刘婶对别人不来给他儿子拜年非常在乎，甚至可以说是非常难过。他认为自己应该有所表示。

"婶，我这不是来了么。"他说。

"对呀，你来看他，他一定高兴。"

"我明年还可以来。"

"那太好了，说定了，明年婶还给你包饺子。哎，晓勇，你说老美怎么那么霸道，赖着台湾不还咱呢？"

安晓勇捋了捋袖子。

"赖得着吗？台湾是祖国领土不可分割的一部分，坚决不可动摇！"

"陈水扁不是挺梗梗吗？"

"嘴皮子梗梗，当过律师的么，能说会道，不过咱不跟他讲理，到时候把原子弹往前线一摆，扔不扔吓他个半死。"安晓勇把手放到肩头上，做了个投出铅球的动作。

刘婶的目光追踪着安晓勇扔出的原子弹，经过天棚，划了个长弧，落到了门口的鞋架上面。

"老美动不动弄两艘破航母横在别人家门口，烦不烦啊。"

"放心吧，婶，人不犯我，我不犯人，咱有对付航母的秘密武器，都藏着哪。这事儿我最清楚。"

饺子包完了，刘婶拿出一个灯泡，让安晓勇帮忙换上，没问题，安晓勇老练地开关了一下开关，天棚上的灯亮了又灭。

"嗯，没坏呀。"

"过年换上了个瓦数大的，该换回来了。"

"婶，你跟我妈一样，过好日子。"

水开了，下饺子。

饺子熟了，端饺子。

调蒜酱，再摆好筷子。

刘婶一挥手，安晓勇跟着来到了里屋。

床上躺着一位病人，瘦得只剩下了一双大眼睛。谁呀，不去医院在这里吓唬人？

只听刘婶说："兴全，你同学来给你拜年了。"

安晓勇咽了一小口唾液。

刘婶说："兴全，好好看看吧，这是你同学啊。"

安晓勇上前一步。

"是兴全，"他点点头，"我认出来了。过年好，兴全，我是安晓勇，给你拜年了。"

大眼睛瞪着他，一动不动。

安晓勇灵光一闪："班长，我代表王军同学来给你拜年了。"他本来要说代表全班同学的，觉得那样似乎不妥。

大眼睛闭上了。

"兴全，起来吃饺子吧。"刘婶说。

"对呀，饺子凉了就不好吃了。"安晓勇说。

刘婶上前。

"来，扶你起来。"

谁知刚一靠近，病人声嘶力竭地连哭带喊起来，这么大的劲，吓死个人了。

"滚，滚，滚，滚，让他滚！我宁可……"

安晓勇连滚带爬地来到了大街上，哎，巧不巧了，他看到了王军。

街头不远处，王军站在小卖铺的橱窗前，跟里面的人在讲着什么。看不清小铺里面的人，但能看见那人在以一种拒绝的手势，向外摆手。

一个穿红毛衣的小姑娘站在王军旁边，不知道怎么回事，她看起来有些气呼呼的。

"王军！"

"熊猫？"

"我来给你拜年来了，老同学，老朋友，过年好！"

王军扳过小姑娘的肩膀。

"介绍一下，我女朋友，小杨，杨大治。熊猫，安晓勇。"

安晓勇礼貌地鞠躬："小杨你好，过年好。"

"你好。"女孩扭了一下，挣脱王军的手，转头往另一边看去。

两个男孩在花坛的石凳子上放小鞭。有什么好看的呢。

杨大治显得那么小，个子小，岁数小，胳膊上搭着脱下来的棉外衣，紧紧环抱在身前。

几粒汗珠从她的鼻子尖上冒出来，她抬手给擦掉了。

这是一个数十年一遇的暖冬。

安晓勇满意地朝王军点点头，小声说：

"气质相当不错，不仔细看，看不出来是农村人，杨，大，治，怎么起了个男人的名字，不过无所谓。"

女孩哼地扭了一下。

安晓勇问："哎，兴全得的是什么病？"

"几百年前的事，工伤还是车祸，记不清了。你去他家了？"

"嗯，我去吃饺子了，拜年么。"

王军嗤之以鼻。

"拉你去的吧？这两天一直门口拉人给她瘫儿子拜年，谁爱去呀！熊猫脑袋不长记性，你忘了上学的时候她不让兴全跟咱俩玩了？"

"上学的时候你还天天拍我脖子来。"

这时女孩转过身："快走吧！"半是央求，半是恼火。

放小鞭的俩小孩追逐着，到楼头，一拐，不见了。

王军说："再等会儿。"

安晓勇对杨大治说："在学校时我们俩就是好朋友。我倒数第一，他倒数第二。"

王军说："本质区别，我不爱学，你弱智。"

安晓勇脸红了。

"那你夜大毕业了吗？"

"那玩意儿有屁用。"王军说，"老舅这回给我找了个好活儿，报关员，过完了年就上班，报关，你懂吗？"

"不懂，听名字就像个不错的活儿。对象有了，也该走正道了，以后你还能有孩子，好好教育，考大学，可不能走咱俩的路。"

"别瞎说，"王军有些不耐烦，"哎，出门走得急，忘带钱了，你能不能给哥儿们买盒烟。"

"没问题，过年了，来盒好的吧。"

安晓勇买了两盒玉溪。

王军喜出望外，抓了一盒就走："拜拜。"

安晓勇喊住了他。

"我不抽烟的，你忘了？"

王军把另一盒也装进了兜："再给小杨买一根雪糕吧，绿豆沙，她太喜欢绿豆沙了，唉，太喜欢了。"

边说边摇头，表示非常之难以理解。

绿豆沙两块钱一根，王军剥了包装，交给了女孩。

女孩迅速咬了一小口，眼角瞟了一下安晓勇。

"不凉吗？"安晓勇问。

"不。"她抿了一下舌头。

"走吧。"

王军搂着他的女朋友走了。

"你们去哪？"安晓勇问。

"肚子饿了，回家。"王军说。

"再见！"

王军回回头。"还在那儿上班吧？"

"在啊。"

"等着，有空去找你玩。"

"你们结婚时一定要给我发请帖啊，不是说吹的，长这么大，我还从来没有参加过朋友的婚礼呢。"

因为忘记给自己留一块钱乘车，安晓勇决定步行回家，大约三个来小时吧，溜达溜达，看看光景，想想事儿，不错啊。

工会小组长的交接

组长大刘九月份退休，现在是六月，领导允许他提前回家，待遇不变，可是他照来不误。

有年轻的工友自以为很懂，议论说，这份留恋，不临到退休，是不会体会得到的。其实大刘有两件心事没有放下。

一件是关于女工刘立芳的。

刘立芳进厂时不到十八岁，追求她的，要给她介绍对象的，每天都排长队，但是姑娘有主意，不乱来，挑来选去，嫁了给领导开车的小杨。小杨一表人才，脾气又好，全单位两千多人，没有不知道这段姻缘的，大街上遇到小两口，没有不羡慕，不回头的。那会儿大刘三十多岁，已经当了工会组长，婚礼上，他给一对新人宣读结婚证书，祝他们早生贵子。

刘立芳生的是女儿，跟妈妈一样漂亮，学习也好，这是胜过妈妈，让妈妈津津乐道的地方，没参加几次补习班，就考进了厦门大学，多厉害啊。

　　培养孩子是好手，持家也不含糊，刘立芳先人一步买了房子，钥匙没交到手，每平米就涨了两千，等人住进去，差不多翻番了。装修的时候，她亲自选材料，挑样式，房子收拾完毕，工友去温锅，看到她别致的新家，没有不欢呼叫好的。

　　孩子在外地读书，刘立芳下班后除了家务，就是做做美容，打打小麻将，相当轻松愉快。

　　谁不喜欢打麻将呢？没事的时候，大刘也喜欢打麻将，周六周日，时常跟刘立芳凑在一桌。有几次，刘立芳嘟囔头疼，责怪大刘抽烟抽多了，大刘笑着说："你赢的时候，怎么不头疼？"

　　还有一次，给大刘留下了很深的印象，说不清是好是坏，是惊讶还是什么。麻将室里，只有一个卫生间，轮到大刘，在洁白的便池上，他看到了一滴鲜红的经血。前一个上卫生间的，就是刘立芳。

　　刘立芳脑梗发作得突然，在天津街挑选衣服，服务员转过身，发现这位美丽的顾客已经倒在了地上。开始家里没敢告诉孩子，后来瞒不住，女儿便急着要回来，那时候，刘立芳已经恢复得能够讲话，她怕影响孩子的学业，没有允许。母女俩就时常通个电话，好彼此放心，可是，很奇怪，女儿的电话再不打来了，短信也没有了，打她的手机，打不通。一种深深的疑虑，让她恐慌，她问丈夫，丈夫说："孩子准备考试，没有时间。"

刘立芳望着小杨，发现他又消瘦了许多。

她说："老公，等出院了，我好好给你做顿饭。"

大刘做了二十多年的工会组长，看过了许多婚丧嫁娶，调解了无数鸡争鹅斗，但在刘立芳这件事情面前，他却感到软弱无力。说实话，他没有见过这么惨的。大刘代表单位去医院慰问，刘立芳坚强地开着玩笑：等我好了，继续打麻将赢你。她还不知道，女儿已经车祸被撞身亡了。

大刘提议并组织了一次捐款，从领导到职工，都十分理解和支持，纷纷解囊。有那么一瞬间，大刘产生了一种不能自制的感动，仿佛被捐助的人，是他自己一样。当天下午，大刘带着捐款去按刘立芳家的门铃，这才知道，他根本无法把钱交到被捐助者手里。

在防盗门的里面，又安装了一道防盗门，除了老公小杨，刘立芳不允许别人进入她家。她不见别人，不跟别人说话。不只是大刘，单位的领导，小杨单位的领导，公司级领导，夫妻俩的亲戚、同学、朋友，试过好多次，均无功而返。大刘几次找到小杨，小杨表示感谢，心意领了，钱不能收。

大刘往刘立芳的家里打电话，那边不出声，连个"喂"都不说，大刘一开口，她就挂断，再打，接都不接了。

就这样，两年多过去，这笔钱一直压在大刘手里，而他马上就要退休了，接替他工作的小王，是一个刚到三十岁，还没有结婚，老家在长沙的大学生。大刘对他的印象倒不能说不好，只是觉得他有点过于吊儿郎当的了，譬如，在工作交接的时候，大刘把一些笔啊本啊的办公用品，一一点给他查看，小王却心不在焉地站在一旁，满不在乎地说："不用点，知道了。"

大刘相当不理解："不清点，怎么知道？"好在他办事严谨，不欺心，小到一支油笔芯，都登记在册，有账可查。

当大刘把关于刘立芳的捐款事告知小王，小王问了句："非送去不可吗？"

大刘生气了："当然，这是组织的决定，工友们的一片心意。"

小王说："去查她的银行卡号，打卡里，要个回执存档，不行吗？"

大刘目瞪口呆，立刻照办。

更加出乎意料的是，刘立芳收到捐款后，写来了一封感谢信，并在信中说明，她准备把钱捐出去，捐给女儿所在学校的贫困大学生。大刘把信反复看了五六遍，如释重负，晚上非要拉着小王去他家喝酒不可，老伴去儿子家看孙子去了，他一个人，待着也闷。

刘立芳这件事终于可以告一段落了，孙小萍的事，也似乎有了那么一点眉目。

小王说："孙姐邀请我，周六去她家吃饭。"

大刘说："奇迹啊，我告诉你，有一年八月十五，那时你还没来呢，单位派车挨家送月饼，她就堵在大门口，连让一让都不肯让，怕影响她孩子学习。"

小王说："也许屋里有个男人在呢，你们真不懂事。"

大刘说："不可能，小孙跟别的女人不一样。"

小王说："那她就不是女人，您这不是骂孙姐吗？"

大刘承认，他渐渐开始喜欢起这位即将上任的工会组长了，小伙子身上有很多他不具有，甚至一下子还不能接受的特点，而这些特点，仔细品一品，又都是优点。

孙小萍的儿子已经上四年级了，孩子两岁的时候，她跟丈夫离了婚，一直单身到现在，没再谈对象，也不为什么，就是不想谈，她把精力和感情，全部投入到了儿子身上。晚上，她陪着儿子写作业，作业完成了，她又自己出题，给儿子加码，周六周日，她接送儿子学小提琴，补习英语。儿子考试经常年级第一，偶尔掉下前三，妈妈都会气哭。在单位，孙小萍的话题全是孩子和学习，无论跟谁，只要说起儿子来，她必定是眉飞色舞的。去年春节前，大刘听说孙小萍的孩子胳膊摔断了，正好赶上工会每年都要发一笔费用，补贴困难职工，补贴的范围从职工本人五种病，扩大到直系亲属住院等等，大刘就把孙小萍的名字填了上去。

可是，孙小萍却把这笔钱退了回来，她说："莫名其妙。我儿子的胳膊没断。"

大刘立刻找来知情人，重新了解情况，知情人说："没断怎么会住院？我还告诉你，不是摔的，孩子期末没有考好，她抢着书包，想吓唬一下，巧了，把胳膊打断了。"

大刘又通过医院的熟人，做了调查，结果一样，孙小萍的儿子，确实因为胳膊断了住过医院。

大刘找到孙小萍："这笔钱虽然不多，它却是工会对职工的一点关怀，这不是哪个人给的，你得收下。"

孙小萍说："有完没完了？我儿子好好的。"整得大刘毫无办法。

大刘和小王，两个人酒量都不大，总共没喝上三瓶啤酒，就已经面红耳赤了。

小王批评大刘："孙姐是那种特要强的人，儿子又是她唯一的骄傲，我们非要给揭穿，等于是在病人的伤口上反复撒盐。"

大刘说："那你说？"

小王说："补贴的事就别再提了，打入今年的费用，重新分配吧。"

大刘说："也好。不过，孙小萍的心理状态让我担忧，还有她的儿子，长此以往，不是回事啊。"

小王说："孙姐会好的，你不用担心，她的儿子也很可爱，很聪明，没有问题。"

过了一会儿，小王喝高了还是怎么的，他冷不防问了声："大刘师傅，到现在，能不能跟我说说，你人生最有意义的事情？"

大刘没喝就已经高了："小王，我告诉你，我的同学，加上我小时候一起玩的朋友，已经走了七位了。"他用拇指和食指做了个"八"的手势。

"大刘师傅，你活了快六十岁了，觉得人生的意义是什么？"

"上个月九号，我飞成都参加了我战友的葬礼，他是我的班长，人豪爽得很哪，我们在部队，十七八岁，单杠上，做双臂大回环，弹指一挥间哪，我妈都八十九了。"

"大刘师傅，你觉得你这一生，活得有意义吗？"

"小王，你能想到吗，我都想不到，我当爷爷当了三年了。"

"别躲了，大刘师傅，请你直截了当地说，人生有什么意义？"

"人生有什么意义？人生，就是受苦，就是遭罪。人生过得太快了，人生没有意义。"

"大刘师傅，你吓唬我，你是说你的一生毫无意义？"

"我的一生？我的一生当然有意义啊，我的一生怎么会没有意义呢？我圆满完成了组织交给我的工作，我出差走过了大半个中国，我妻贤子孝，我，我觉得吧，人生的意义，除了必须要尽的责任和义务，还是要，尽可能地帮助别人，我努力这样做了，问心无愧，可是，我，真的，才知道，其实，我帮助不了别人，起死回生，破镜重圆，我做不到，这个，只有上帝能够做到，可他为什么不做呢？为什么？哎，你这小子，只考我，我也考考你，你说，你觉得人生最大的意义是什么？你说。"

"爱呀，老笨蛋。"

"爱？"

"好好消化，够难为你的了，拜拜，下次炒菜，一定要辣一点的辣椒，要不我不来了啊。"

三个月过得好快呀，九月到了，单位组织的不算，小王单独摆了一桌，专送大刘。工友们吃饱喝足了，一一道别离去，小王掏出手机，喊大刘过来，这才是献给大刘的重头戏。

视频得来纯属偶然，但路线相当清晰。小王先在网上搜到刘立芳女儿学校的贴吧，又在贴吧上纪念的文章里，找到了跟她女儿最要好的一个女同学的QQ，加为好友，把来龙去脉说清楚，表明自己想获取更多的关于刘立芳的信息，以便单位能够更好地关怀她、帮助她。同学非常明白事理，把知道的情况，一一都讲了，顺便还把一段刘立芳同她聊天的视频，传给了小王。在贴吧，小王发现了刘立芳写的一个感谢同学们的帖子，点击率很高，但他没敢打开。

实实在在地讲，从视频上，小王没有看到刘立芳，他看到的是一位面容慈祥、满头白发、哆哆嗦嗦的老太太。但大刘一眼就认出来她是谁。

小王拍着大刘的肩膀："哭吧，哭吧，开心地哭吧。十月十八号可不准你哭了，你得给我主持婚礼。"

"你要结婚？跟谁呀？"

"明天再告诉你，老头儿今天受的折磨已经够大了。"

一般说来，夫妻中只要有一方二婚的，婚礼应该在下午举行，但小王坚持要在上午，他笑呵呵地宣称："我的新娘，比处女还纯洁。"

男主持人，退休职工大刘，或许因为前一天夜里通宵未眠，或许是别的什么原因，在婚礼仪式上，出现了严重的口误，他把新娘孙小萍，说成了新娘王小萍，引来哄堂大笑，不过，大刘超常发挥，迅速圆了回来。

大刘说："女士们，先生们，王小萍，是西式的称呼，按照我们中华民族的传统，从现在开始，孙小萍就变成了王孙氏，王孙小萍，祖宗不能忘，传统不能丢，下面，有请王孙氏，王孙小萍讲话，鼓掌欢迎。"

今秋黄昏

教师大厦站只挤上来三五个人。

公交司机喊："关门，关门了，上不来了，等下一辆吧！"

我转动身体："哎，福强。"

福强紧贴着车门，显然最后一个挤上来的。我们有十年没见。

"我去大显市场了。"福强试着把手里的塑料袋提给我看，但被旁边的人挤住了。

他笑了笑："你呢？"

三十年过去了，他仍然爱笑，脸也没有发胖。

"上班，到五一广场换班车。"我说。

"还倒班？"他感到惊讶。

"倒，不倒怎么样？"我脸发烧，"我手机忘带，可能也没开机，你给我发个短信，我的号……"

"等等，"他挣扎着抽出手，照着我说的按完键，"没开机，我保存了。"

"你还在大化？"

"归热电了，开发区。"

"听小斌说过，你妈身体不好，你在照顾她？"

"哪个小斌？"他迅速想起来了，"啊，小斌。我妈老年痴呆，卧床了。你往后挤挤，不然下不去车。"

我试了试，挤不动。

他说："你儿子念高中了吧？我还记得他那小样子。"

"变大小伙子了。初三，明年中考，先把他爸他妈累死了算。你经常来大显市场吧？下次你打我电话。"

"不经常来。好的，来了我找你。你看，天短多了，黑得这么早。"

我看看车外的天空。

"我该下车了，我得往后挤——"

"再联系。"

下了车，我想，先不要急着走，到车窗去跟他摆摆手。

初中一年级，我和福强的友谊日见深厚，我把他带到我家，从床底下拿日记给他看。我们讨论军事，谈苏联美国，谈《拿破仑传》。

我送福强到大院大门。夕阳中，我俩双手抄兜，相向而立。

"到时候你就干，你摁头，我给你拉人，"福强说，"我人缘好。"

　　我俩刚商量过将来动手的事。傻子才心甘平庸呢。我们的目标是统一世界。

　　我想那应该是个夏天的黄昏，或是春天，因为此时此刻，回想起来，我的心里仍然没有悲凉，一点儿没有。

爷爷孙子爸爸

　　早在爸爸十六岁的时候，爷爷对他便不再抱有奢望。爸爸骗爷爷去县城上学，实际上怀揣学费，同村里两个不识字的伙伴跑到延安参加革命去了。当爹的认为儿子受了挑唆，软耳朵根子，缺主心骨，一辈子不会有出息！

　　爸爸有了五个孩子。爷爷也老了。小孙子整天围着爷爷的屁股转，其乐融融。爷爷爱喝口酒，唱两嗓子。儿媳妇是上海人，看不惯公公的做派，就嘟嘟囔囔摔摔打打。哥哥和姐姐都站在妈妈一边。爷爷便骂爸爸，使劲大了，憋出眼泪。懂事的小孙子知道爷爷受了委屈，以为他哭了，跟着也哭。

　　爷爷中年得子，老伴早亡，独苗爸爸是唯一的依靠。

　　秋天，祖孙俩经常到楼顶上晒太阳。老头儿躺着闭目养神，偶尔讲过去的事。爷爷原先住在河北通县，去天桥听书得走百八十里路呢。大运河边出生，大运河上长大，自己有船之前，他在别人的船上打鱼。天冷水凉，买不起酒，喝口点灯用的煤油，一头拱进水里去。有一次在水底下摘网，爷爷被水草缠住了辫子（难道还留着大清的辫子？），憋得头昏脑涨，眼看气快要用完了，船老大带着刀子下去了，才捡回来一条命。上岸第一件事，爷爷就去集上买了把刀子，从此水里船上都别在腰中。船老大晚年儿女不孝，爷爷接了来给养老送终。

老头儿要求小孙子学会游泳。

趴下，伸直，蹬腿，走了！

小孙子信任爷爷，猛个劲蹬腿，果然就走了。只是还走不多远。

慢些！松！松透，像吃饱饭遛食！

爷爷有个稀罕物，一把镶嵌着铜钱和铜蛤蟆的青花壶。壶把是一条龙，壶嘴从铜蛤蟆的嘴中吐出来，铜蛤蟆的前爪各抓着一枚铜钱。两枚铜钱当壶耳，挂着银子提手。大姐搞对象那会儿，大姐夫要上门。大姐二姐提前一天在家里大扫除。姐妹俩擦完家具擦玻璃，洗完床单洗门帘。二姐比大姐还勤快，顺便把爷爷的茶壶给涮了。里里外外涮了个彻底。这可要了老头儿的命。老人家一直认为茶锈是好茶叶水的补充和保证。而且到了一定年头，不添茶叶就能冲出茶叶水来。它就快要冲出茶叶水来了！小孙子也这么认为，跟着惋惜。后来大姐闹离婚，他把大姐夫痛揍了一顿，当然不是为了茶壶，混蛋总打大姐。

爷爷曾说，一两好茶叶加一把旧茶壶，两个人吃下一头驴。

　　三年灾害结束后的第一年，挨户发了半斤酒票。爷爷烘熟了一把黄豆后就出门去排队。爷爷是骑着自行车去的，往回返的途中，他停在路边，脚支着马路牙子，咬开胶皮塞，尝了一口。

　　就这样停停尝尝，没到家瓶子便见底了。在小孙子的记忆里，骄傲的爷爷还是求过爸爸两次的。

　　爸爸从部队转业到二轻局，所属有两个酒厂。爷爷想走走后门，搞几斤酒。爸爸拒绝了，他认为酒是国家财产，紧缺物资，当领导的要以身作则，斗私批修！爸爸本人也喜欢喝酒，而且酒量还很大，但为了避嫌，他毅然给戒了。

　　第二次是他下乡。他刚够十六岁，爷爷让爸爸帮忙，留在城里。爸爸说领导子女应该起带头作用，要冲到最前面。广阔天地大有作为，接受贫下中农的再教育。

　　老头儿摆摆手，只回了一句话，滚你爹我了个屁！

　　爷爷的再教育是：这杆有活站那杆，两杆有活站中间。吃米饭盛半碗，吃完半碗盛满碗。吃面条用大碗。吃饺子扎个眼儿。

　　老头儿肯定另有一套经验，勤劳致富的经验（他曾经是一条渔船的拥有者），可能觉得用不上了，没有用了，就没有讲。

　　喝白酒不要跟出汗的人喝，喝啤酒不要跟上厕所的人

喝。这个太可爱了，老头儿从一个不管够喝酒的朝代，活
到下一个不管够喝酒的朝代，再到下一个，仍然是不管够
喝酒的朝代，而啤酒呢，直到一九七五年老人家去世，根
本就没有喝过几碗。

地主婆老奶奶和小崽胖胖乖

一

地主婆老奶奶在外屋地做饭，听到小崽胖胖乖叫喊，一个高儿从蒲团上蹿了起来。

"怎么的了？怎么的了？"她手提烧火棍，拼了老命的架把头。

可院子里并没有外人，也没有其他眼生的东西。大门仍然闩着。小崽胖胖乖蹲在鸡窝旁抽抽搭搭。

"奶……奶，看看……俺的老伙计！"

地主婆老奶奶走过去，一瞅，也慌慌了。

"哎呀呀，了不得了……"

地主婆老奶奶是个矮小干瘪的小脚老太太。流鼻涕淌眼泪的瘦孩子是她的孙子小崽胖胖乖。祖孙俩住在这间漏雨透风的破屋子里。除了裂了纹的饭锅，缺着沿的水缸等几件最起码的家当，还养着四只母鸡。当然也是些瘦子。

这会儿，四只瘦子中最瘦的一只，不知怎么弄的，倒在地上吐开了白沫子，胸脯子呼噜呼噜地响，像蒙着被子听到的北风。

地主婆老奶奶说："怕是吃了药了，前些天，大队的菜地喷药了不是？"

小崽胖胖乖腆起哭咧咧的脸："救救吧，它是俺的老伙计！"

"老单奶奶要是在家的话，八成……"

"那还等什么，不快走？"

地主婆老奶奶噔噔退后几步，跷起脚，仰起脖，目光越过院墙的豁口，看了看由太阳与遥远的青色山岭组成的钟表。

"不赶趟了，俺得开会。"

话音没落，外面有人踢门。

地主婆丢下棍子，小声催促孙子："喊！喊吧！"

小崽胖胖乖举起小细胳膊："打倒地主婆！消灭剥削阶级！毛主席万岁！共产党万岁！……"

进来一群胳臂上戴红箍的学生，带走了地主婆老奶奶。

小崽胖胖乖闩上门，坐在鸡窝旁抹眼泪。去年，刚从老单奶奶家把它们抱回来，都是小崽崽，他就跟它轧上了伙计。轧伙计轧伙计，轧了个百年老伙计，当然要偏着心眼儿了，拾苞米粒、高粱粒了，捉蚂蚱、毛毛虫了，单独给老伙计，另外三只干瞅干急。老伙计呢，四五天下一个

蛋，老远看见小主人，咕咕着跑过来。现在可好，不会动
了！"怎么办呀？怎么办呀？"他抽搭着，巴望奶奶早一
点回来。

二

　　经常发河水的缘故，房屋纷纷躲避在一座座土堆上。
村路像深陷着的河床。一辆马车停在前边，拖着热气腾腾
的一串马粪蛋。车老板弯腰拾粪。

　　"胖胖乖，把胸膛挺直了。"地主婆老奶奶提醒道，"一
辈子挺直了。"

　　拾粪的是王爷爷，一个爱唠叨、爱逗笑的驼背老头。
只见他舞动着扫帚和木锨，先把成形的粪蛋撮进筐，再拾
掇碎渣，最后连渣儿带土一遭儿划拉了。其实他完全可以
直接跳过前两个步骤，但他没有。

　　地主婆老奶奶虽说已经失去土地许多年了，还是忍不
住咂巴了一下嘴。

　　王爷爷发现了他们。

　　"她大嫂子，急三火四做什么去，看戏么？"

　　地主婆老奶奶本想悄悄溜走，"啊……他大哥，瞧你
说的，哪里还有戏呀？"脚步并没有放慢。

　　王爷爷转向小崽胖胖乖，"爷爷的鞭杆子你甩甩。"

　　"俺可是一点儿空没有。"小崽胖胖乖跟着奶奶急赶。

换了往常，他能乐得蹦高，王爷爷的鞭子可是用小嫩牛皮编的，甩起来可脆了。

"他大哥，您忙着吧！"地主婆老奶奶回头客气了客气。

"她大嫂子，俺去刘家店，捎捎吧。"

"他大哥，那敢情好，可俺不是出村。"

拐了个弯就望得见老单奶奶家的栅栏门了。小崽胖胖乖掏出了喂狗的地瓜干。它们只用来壮胆，不会真的扔出去。

狗叫了好多声之后，一个跟地主婆老奶奶同样衰老，同样干瘦的小脚老太太迎了出来。

"唉哼，大嫂子是您，快进来！"

"唉哼，大嫂子是俺，进来了！"

老单奶奶从地主婆老奶奶的肩上接过要饭口袋，从里面取出老伙计。

俩老太太出嫁前住在同一个村，离这儿十里，比这儿穷十倍。地主婆老奶奶嫁了个地主，土改镇压了，独生儿子愁死，媳妇上吊，留下了小崽胖胖乖。老单奶奶嫁了个贫农，中年守寡，三个儿子入了党，先后都牺牲了。一个死在东北，一个死在海南岛，最后一个死在朝鲜。作为烈属五保户，吃穿烧不用愁，每年清明，公社还会派人下来探望她这位革命老妈妈。老单奶奶心眼好，主意正，时常接济地主婆祖孙。对祖孙俩来说，多吃两口之外，有了一个安心说话的机会。庄户人胆小，除了老单奶奶和车老板王爷爷，旁人都不大愿意跟他们拉话搭腔。

外屋地，老单奶奶在水缸上霍霍磨刀。

里屋，炕沿上，坐着心惊胆战的祖孙俩。

"胖胖乖，针纫好了没有？"

"就好了。"小崽胖胖乖哆哆嗦嗦下地，把针送给老单奶奶，赶快跑回到炕上。

开刀的过程很不简单。得先割开老伙计的嗓子，掏出食，清水洗净，再针线缝上。

老单奶奶不仅仅能给鸡鸭开刀，还能用树皮草根治头疼脑热。小崽胖胖乖让她给治好过多少回了。

把老伙计整利索后，老单奶奶去院子里取了些土，盖上地上的血，在瓦盆里洗了手，才把祖孙俩叫出来。

老单奶奶说："治了病治不了命。今儿别喂食，水也不喝。天黑了看看，要是还有气，喂点儿水。明早上再看看，没死，喂点儿食，面和着水，一丁点儿，多了不行。吃了，没事，一天天好了。不吃，就没救了。"

祖孙俩千恩万谢，恋恋不舍地辞别。老单奶奶把地瓜干、咸菜疙瘩打点了大半口袋给带上。送到大门口，她又猛地把他们叫住，小脚捣捣地往回跑，再出来，手拿一个小纸包，喜笑颜开地打开，展现出七八粒彩色小球。

"啧啧，老糊涂了！前些日子，城里来了些忆苦思甜的学生，不留下不行。"

"不要。"小崽胖胖乖说。

老单奶奶挤眉弄眼："真懂事！快叫俺孙子拿着吧！"

地主婆老奶奶挺不愿意，又没有办法似的说："唉——老单奶奶叫你拿，你就拿着吧。"

小崽胖胖乖这才拿着了。

离开老单奶奶家老远了，小崽胖胖乖含进嘴里一粒，"呀"地脸都变色了。

"这，这是什么？"

"糖豆，好孩子！"

三

老伙计又能下蛋了，祖孙俩欢喜得要命，一唱一和没少把老单奶奶夸。

"你老单奶奶真行！"

"可不是么，真行！"

"你老单奶奶就是行！"

"可不是么，就是行！"

"你老单奶奶行啊！"

"可不是怎么的，行啊！"

地主婆老奶奶把老伙计下的五个蛋煮熟，给小崽胖胖乖吃一个，四个叫送给老单奶奶。早晨刚下过小雨，地主婆老奶奶躺在炕上烙腰，嘱咐小崽胖胖乖快去快回。

　　小崽胖胖乖装着四个鸡蛋和几块地瓜干去了。

　　他满头大汗地跑回来，把四个鸡蛋还给奶奶，"哇"地哭了："老单奶奶没了……死了！屋里很多人……"

　　大队给老单奶奶开追悼会，地主婆老奶奶作为反面教材也参加了。从追悼会上回来，她大病一场，几天没出屋。

　　小崽胖胖乖望着呆愣愣的奶奶，突然什么都不顾地蹦出一句：

　　"奶奶，你可千万别死了呀！"

　　地主婆老奶奶一个冷战，回过眼神。

　　"哪能？胖胖乖还没长大呢！"

　　小崽胖胖乖抓住奶奶青筋毕露的黑手，拖着哭腔说："奶奶，你刚才是不是寻思死的事儿了？"

　　"胡诌！明儿咱就去要饭。"

　　"俺自个去。俺行。"

四

　　又一年，小崽胖胖乖九岁，发生了一件改变他未来的事。

　　从城里来了一位干部，称是小崽胖胖乖的舅舅，要收养他。大队支书把他领到地主婆老奶奶家，说明了来意。地主婆老奶奶把村支书和小崽胖胖乖关在门外，单独跟那人待了老半天，然后喊小崽胖胖乖进屋，让叫舅舅。陌生人看着眼前这个骨瘦如柴的小男孩，眼圈一下子红了。他说他想起了他的妹妹，以及其他逝去的亲人。他自小离家参军打仗，回来他们已都没了。支书也一旁替小崽胖胖乖欢喜："这回可好了！这回可好了！"

小崽胖胖乖要离开村庄去城里了。临走那天晚上，他净想着城里，问这问那，不能入睡。地主婆老奶奶从没进过城，好些问题都答不上来。

月光透过窗纸照进来。地主婆老奶奶合手做成一只老兔映在墙上："胖胖乖，兔子该吃草了。"

小崽胖胖乖说："不是刚才吃过了吗？"

地主婆老奶奶显然把刚吃过草的事给忘了："哦……小兔子又饿了，它要出远门，多吃点。"

一老一小两只兔子在墙上磨牙吃草。草堆是墙上的一个凹坑。以前每到这时，地主婆老奶奶就会念叨："兔子有福气，天天吃，草也不见少。"

他们动身的时候天还没亮。小崽胖胖乖拉着舅舅的手来到街上。他没有完全睡醒，迷迷糊糊的，一阵风起，槐树花的香味呛鼻子。他打了个冷战，回回头，接上了地主婆老奶奶的目光，像被绳子拴着拽了一下，她小脚捣捣地追了过来了。

"孩子呀……"她抓过小崽胖胖乖的另一只手，身子和腔调一起抖，"孩子……"这两天她一直强打欢笑，现在再也装不下去。

小崽胖胖乖的眼睛唰地模糊了。

他听见奶奶说："长大了，一定要回来趟。看不到奶奶的坟，就去老单奶奶的坟上看看……"

小崽胖胖乖哇哇哭起来。

车老板王爷爷竖拇指称赞道："好孩子，真懂事！奶奶没白疼，没白养！"

小崽胖胖乖猛甩开舅舅，拽着奶奶往屋里拖。

"奶奶俺不走了，俺跟你在一块儿，要饭，拾草。草垛都不起高了！"

五

以上故事发生在上个世纪六十年代末，山东胶县的一个村庄里。

八十年代，他出国之前，回了趟故乡。

奶奶是在他离开第三年的冬天去世的。大队给舅舅写了封信。舅舅寄了些钱去。

同一年，从老家带过来的老伙计死了。他把它埋在花园的一棵大槐树下。

村庄已重新规划，土堆推平，水湾填实，盖了一排排瓦房。那些与地势有着明显的孕育关系的房屋永远地消失了，唯有太阳与青山组成的钟表如故。

老单奶奶的坟已被河水冲走。虽然她是革命老妈妈，但这些年包产到户，搞经济效益，没人顾得上，洪水来时，就把它淹了。而他的奶奶，正如她自己所预料的，根本没有坟留下来。

大识字班

俺的姥娘，一个苦命小脚老太太，爱在门口晒太阳，每见三三两两的大闺女从街上过，她就会笑眯眯地努动着嘴："哎，大识字班，大识字班。"饱含善意的目光送出去老远。

五六岁的俺，正低着头沉迷于自己的世界，石头缝里，草根底下。"啊，原来大闺女也叫大识字班。"

多少年后我才明白它的出处，单从发音上听，我以为"班"是从湾边搬来的搬，搬石头的搬，根本想不到它是个新名词。这个小脚老太太，挺赶时髦的来！刚才在苏老师博客看到孙犁的《识字班》，我想起姥娘。有一次，我父亲跟别人说话被我听到（我俩鲜有正面的交流），他感叹道，他岳母命苦，比他自己的娘还命苦（奶奶如何命苦我至今不知，我没听父亲讲到过奶奶，我妈还没嫁过来，奶奶就已去世多年了）。

我姥娘一共生了十个孩子，死了九个，只剩下我妈。

　　我一个姨十八岁，去河边洗衣服看到一条死蛇，受了惊吓，抽羊角风死了。我大舅是个油贩子，刚娶了媳妇，出外贩油，遭遇国共打仗，中了流弹死了。一九九九年我回老家，跟大舅同龄的一个老头夸奖我大舅，"真是条巴棍子！"我还有个小舅，八岁了，不知怎么回事，在比脸盆大不了多少的一湾水里呛死了，姥娘说这是遭小鬼迷了。姥爷去世后，我妈把姥娘接来大连，两年后她在大连老的，老前已经糊涂，管我妈叫"大妹子"，管我父亲叫"大兄弟"，最后，很快，连我也不认得了。

刺猬搬家

收割后的田地一望无垠，小屁孩发现有东西在蠕蠕，走近了看，是一窝小刺猬崽，有五只，他蹲下去，拿草棍拨拉了拨拉，用手指轻轻触了一下。他脱下背心，把五只小刺猬兜回了家。

妈妈问："从哪儿弄的？"

小屁孩回答："地里捡的。妈，用什么喂喂它们，它们饿了吧？"

妈妈说："这么小，不会吃东西。离了它妈得饿死，放回去吧。"

"等一等！"

小屁孩往外跑。

他跑回到田地里，准确地找到了小刺猬的窝，路上他还担心找不到那个地方呢，那里有一个明显的窝儿，在窝儿附近，他一下子看到了刺猬妈妈，它可能正在为丢失了小刺猬而迷糊，而伤心呢。小屁孩小心翼翼把刺猬妈妈抱起来，一口气抱回了家。

妈妈帮他在草垛根上掏了个洞。他把小刺猬一只一只，全部放了进去，最后把刺猬妈妈放到洞口，它自己爬了进去。小屁孩回家拿了两个地瓜、一块萝卜放到里面。小屁孩累了，早早睡去。

第二天早上，院里地上躺着一只死了的小刺猬，脖子上有咬痕。小屁孩很伤心。当天晚上他在担忧中睡着了。

第三天早上，发现死了两只小刺猬。妈妈说半夜听到黄鼠狼的叫声。

小屁孩问妈妈："这可怎么办？怎么办？"

妈妈和小屁孩往草垛洞里看，看不到里面的小刺猬，因为刺猬妈妈把洞往深里掏了。

小屁孩央求妈妈："妈，咱把草垛搬开吧。"

妈妈同意了他的要求，动手给草垛搬地方。小屁孩觉得妈妈真好，他原以为妈妈会怕麻烦呢。费了好半天劲，草垛搬开，看到了刺猬妈妈和两只刺猬，没有黄鼠狼。小屁孩睡了个安稳觉。

天亮了，他来到院子里，又发现了两只被咬死的小刺猬，刺猬妈妈蹲在旁边。刺猬妈妈的一条后腿瘸了，肯定是跟黄鼠狼搏斗时受的伤。

妈妈说："家里是黄鼠狼的地盘，刺猬的地盘在田里地里。"

刺猬妈妈每天晚上草垛里出来，从狗洞爬出去，躲过街上的人和狗，到田地里打食。黄鼠狼就是趁这个机会把小刺猬咬死的。

刺猬妈妈围着两只小刺猬转了两圈，然后一瘸一拐，离开了小屁孩的家，永远离开了。

妈妈搂着悲伤的儿子，讲了一个她小时候的经历。

"我像你这么大的时候，你姥爷不住大郐家沟，住在仇官寨，那一年仇官寨来了铁匠一家人，两口子领着两个儿子，从黄河那边一路要饭打铁过来。姥爷家在村西头，铁匠家借住在村东头。他们支起炉子干活，打馒头，打铁锹，打镐头，修耙子。两口子抡锤子打铁，大孩子拉风匣。大孩子叫狗子，十三岁，小儿子叫成袋，比我大两岁，八岁。有次我跟着你姥爷去修铁锹，姥爷坐着抽烟，我跟成袋边上玩。

"仇官寨的活儿差不多了，他们把成袋留在家里，爹挑着担儿，娘跟狗子轮换着挑另一副担儿，去别的村打铁。小儿子成袋很懂事儿，自己会烧火热饭。有一次狗子和他爹哭着回来，娘在外病死了。爹把挣的钱放在家里，千叮咛万嘱咐成袋看好家，不能出去乱跑，攒够了好回老家。

"住了几天，爹和狗子又挑着担子出门挣钱。他们不知道已经被两个贼盯上了，一天夜里，趁着成袋睡熟，贼把他们的钱全部偷走了。成袋早上起来发现钱丢了，害怕得不行，哭了两天，成袋的爹这次走得远，好几天没回来，成袋越想越怕，上吊了。

"爹和狗子回来埋了成袋，离开了仇官寨。一年以后，爹和狗子回来迁坟，他们把成袋从土里挖出来，成袋的肉还没有烂完，在水沟里洗了洗，用白布缠上，连成袋他娘，独轮车推着，回老家了。"

"那两个贼抓到了？"

"抓到了，偷别村时抓到了，送到胶县城审问，把仇官寨的事儿也招了。"

"枪毙了吧？"

"砍头了。"其实妈妈不知道是不是砍头，她只是恨那两个贼。

妈妈讲这个故事，本来是想安慰儿子，结果不但儿子哭得更厉害，妈妈也跟着儿子掉了泪。

妈妈搂着小屁孩说：

"真是个好心眼的孩子，以后不管你惹什么祸，妈妈都不打你了。"

"我不信，这话你说过好几遍了。"

"哈哈！"

妈妈笑出了声。

凉风习习体育课

　　河里三村的学生都在谈家庄上学，学校建在谈氏祠堂里，为了不影响高年级学习，把一年级撤出来，安排在村西头两间老屋。一年级有两个班，张老师和刘老师各带一个班。

　　张老师才来学校不到两年，他本来在生产队里挣工分，大队书记找他谈话，工分不减，让他去加强一年级教学力量，帮助刘老师教育一下那帮皮小子。刘老师是大队书记的外甥女，她有点镇不住那些皮小子了。

　　新学期开始，村西头哭号声一片，谁愿意上学啊？好几个学生被家长一路揪着耳朵，边走边搡，用脚踢，拿柳条抽，有一个挣脱跑了，又被追回来，干脆躺在地上打滚。张老师和刘老师分别站在自己班的门口迎接新生，对那些死活不进教室的，他们跟家长一起扭着学生的胳膊，或者揪着学生的头发，把他们推进去。

　　奇怪的是，一旦进了教室，他们立刻不哭不闹了。

张老师带上门，用一根细木棍敲敲桌子。

"谁会写字？一个字都算。"

没有人回答。

张老师用木棍指着黑板，上面什么也没有。

"谁会写1、2、3？"

没有人回答。

张老师说："谁认识1、2、3？"

仍然是没人回答。

第一堂课语文课，张老师教了四个字，大，小。上，下。

老师叫同学挨个上来，黑板上写这四个字。女同学写错了，他要求重新写，男同学写错了，照腚踢一脚，几乎没有一个不挨踢的。

终于下课，同学们跑到教室外面，上茅房，疯打闹。

刘老师从隔壁教室出来。

张老师问刘老师："怎么样，有没有不老实的？调到我班！"

刘老师说："现在还没有，再观察观察。"

刘老师摇铃，第二堂算术课开始了。

张老师搬个凳子坐在门口，女生放进去，男生排好队，进来一个往干腿上踢一脚，为了节省体力，他跷着二郎腿，进来一个弹踢一个，同学龇牙咧嘴，有的疼得趴到了课桌上。课桌由河泥和着稻草做成。

第三堂体育课，刘老师把她的班交给了张老师，一个人留在教室里写信。刘老师写信对象是一位村里出去当兵的后生，那后生最近提干了，刘老师替他高兴，同时又有些不安。

张老师十八岁，刘老师十九岁，刘老师觉得张老师是个好弟弟。

张老师带着两个班的学生走了。

张老师把同学们带到了碧沟河边，河水浅浅的，清澈见底。

张老师说："从今天开始你们已经是学生了，下河不准脱裤子光腚，听着了没有？"

同学们回答："听着了！"

张老师一挥手，同学们跑下了河。

张老师坐在河堤上，望望河里的孩子，又望望河里三村。

他在想刘老师。他还从没真正写过一封信呢，他替后屋不识字的谈二老叔写过信，他自己没有写过，写给谁？他没有人写。村里常来的邮递员，那个戴着一顶黄帽子骑自行车的中年男人，小孩子一见他进村，纷纷上前，等着他寻问人名，好给带路。只有刘老师的信不用带路，他直接送到教室门口，有时候刘老师不在，张老师替她代收。张老师看着信皮上的北京地址，心潮澎湃，那个令人神往的伟大首都，离他这个小村子太遥远了。他只去过李哥庄，去过胶州县城，没去过青岛，北京他连想都没敢想。他羡

慕刘老师有个明确的未来和对象。刘老师借给他一本新华
字典，让他学习，可学着学着，他就学不进去了。他还从
刘老师那里借过高尔基的《童年》三部曲，苏联的河上能
跑汽船，他望着孩子们玩的碧沟河，还有看不见的北边胶
莱河、东边大沽河，别说汽船，连木船都没有，确切地说，
他还从未见到过船。

河水最深处，刚没到孩子们的膝盖。张老师想到了擀
面条、蚬子面，这样一想，肚子就饿了。

孩子们在河里摸蚬子，先用脚踩，踩到了，再弯腰用
手抠。

"上来，同学们，都上来！"

张老师招手。

同学们上了岸，挨个走到老师面前，把手里的蚬子，
放到已经铺好了的手帕上。

张老师四个角一提，鼓鼓的一大包。

"下课！"

张老师起身走了。

孩子们在他身后绕着圈跑。

流氓教唆犯

一

　　早晨八九点钟，一支敢死队正向槐树林移动。被露水打透的裤角儿，紧贴在战士艾军的腿肚子上。一开始还冰凉凉的，后来渐渐忘了。

　　"大概有一条小河那么多的水吧，分散到漫山遍野的绿草的叶子上了，等到了中午，"艾军想，"小水珠会顺着一根根光线，爬向太阳。不能到太阳，半路就被云彩截去了。轻飘飘的云彩，其实是流淌在空中的河。"

　　艾军十一虚岁，可看起来要小一些，瘦小的身子顶着个大脑袋。后脑勺凸出来，像扣着半个鹅蛋。他喜欢玩哪吒闹海、大闹天宫，而不是没完没了地同日本人打仗。这一次同前几次一样，他们要以奇袭的战术，把一架降落在槐树林里的飞机上的鬼子兵统统干掉。那飞机是如何降落在槐树林里的他们可不操心。行动的代号"红大刀"，口令"咕噜姆"，回令变了，不再是"欧巴"，而是"吐巴"。

队伍接近了槐树林。最前面的指挥官突然发出命令，"停止前进！"全体士兵"唰"地卧倒在山道上。可是，不知怎么搞的，指挥官旋即就泄了气，忿忿地说，"完了，完了，妈的！玩不下去了！"

大家一个个爬起来，聚上前看个究竟。

艾军也往前挤。刚才卧倒的时候，他的腿被碰了一大块青。

指挥官挺起身，下巴颏朝前方一撅，"看，狗耳朵泡嫚。"

山坡下面，槐树林中，一块空地上，那架飞机（一台废弃的碎石机）旁，一男一女在散步。那男的叫狗耳朵，石矿家属区有名的痞子。那女的偏着头，穿戴打扮很平常，不像个不害臊的马子。艾军的心却猛地抽紧。

"别动，小心暴露目标！"

狗耳朵从裤兜里抽出双手，腾空而起，抓住碎石机的横梁，快速做了三个引体向上。她离他有一步远，含笑望着他。

一边树上叽叽喳喳落下一群麻雀。狗耳朵弯腰去抄石头。没等他起身，那群鸟就黑压压飞起来移走了。石头在茂密的树叶上空划了条长弧，没入了不起涟漪的绿色海洋。他拍拍手，揪起下嘴唇，打了个口哨。很显然，他以为附近没有其他人。口哨穿过树林，在山谷回荡。他突然拥抱了她，又迅速松手，退后两步，放肆地哈哈大笑起来。她比他胖，似乎也比他高，但这一碰之下，却表现出十足的娇乖，红着脸低下了头。

狗耳朵走到一棵树前，树根底下脚踩踩，接过她递上来的手绢，抖开了，垫在地上，坐下去，双臂一展，她便服服帖帖地进到了他的怀里。

"不好，他俩要耍流氓了！"

她心甘情愿地让他解着上衣扣子。狗耳朵一只手搂着她，一只手一个扣一个扣地解，到最后一个时，她不但没反抗，反仰上去头，跟他亲起嘴来了。不知是没解开还是怎么地，他留住了最后一个扣子。他把她里面的衬衫卷推上去，那一对白肉球便霍地掉了出来，随即被接住，兜在手里掂了掂，挨个揉捏开了。

一段时间后，狗耳朵放了手，站起身来。他的右腿不能打弯，像是坐久坐麻了，走起来一瘸一拐的。她蹲在地上整理衣衫，满面绯红。

这时，不知谁喊了声，"打流氓！"大家就纷纷捡石头，不管打着打不着，朝着大约莫的方向一人一块扔出去，就没命地往山下跑。艾军呆在那里，没扔石头，也不跑。那个指挥官都跑出去挺老远了，又勇敢地返回来把他拽走。

二

一年前，艾军随父母从农村来到城市。他很害羞，往往没等邻居的小子们走近，就远远躲回家，趴在涂着油漆的窗玻璃后面屏息张望。他们走过来，经过他家的房子，往山上去。他听见他们在水湾边上的烂泥中跺脚，呱唧呱唧地响；又听见撅路旁的柳条，发出一声清脆的咔嚓声；接着就是柳条抽打树叶的唰啦声，伴随着他们远去……

当然了，他从窗子上还观察过其他人。有去碎石场打石子的妇女，她们总用围巾裹着头，各顾各急匆匆赶路；有上山打靶的新兵队伍，排头的四个扛着两支枪和两个胸靶，后面的空着手甩胳膊，两个军官拖在最后，不时交谈两句；也有散步的老人，若不是领着个小孩子，就是空着手上山，下山时带回一根树枝或一小袋养花的黑土什么的；还有去树林网鸟的人，他们起得太早，天放亮，就已经该往回撤了，他只在网鸟人回撤的时候碰到过一次，扛着一捆竹竿，上面缠着一卷网，手上拎着一个大布袋，里头许多的鸟又撞又叫……每一个陌生人出现，都会使他幻想一番。但只有看见她的时候，他才真正激动起来。

隔着一处原先是篮球场的空地，艾军家的前窗对着她家的后院。她家的后院里圈着十几只来克亨品种的母鸡。每天中午和傍晚，她端着鸡食钵子从前面转过来，两条长腿走着一条线，脸上一贯笑眯眯的。不论上街还是上学，艾军来回都要经过她家。每当这时候，他都会觉得她正从窗子上望他。于是六神无主，路都走不好了。

等真正和她走对面，他不是蹲下系鞋带就是低下头找什么东西。一股清风掠过，她走了过去。艾军开始数数，数到十，再数三下，猛地回一下头，然后获得了极大快乐似的跑去了。这一快乐时刻会放大扩散，以至淹没整个白天，又淹过清醒与梦幻的堤坝，转成了另一种形式。他好几次梦见过她。

终于一天，他和她说上了话。她寻找两只跑失的来克亨来到了他家的前院。艾军果断地冲了出去，自告奋勇抓住了一只，交给她，又抓住另一只，就手抱着送到了它该待的地方。她让他进屋洗手，擦净身上的泥。他却脱口说了"不去"，那么干脆，想改口都不容易，那个后悔劲就别提了。

他站着不动，"我……我……我把钥匙锁屋子里了。"

她微微一笑，仿佛知道他在说谎。艾军窘羞不已，马上表白，"我可以在街上玩。"

她却诚心诚意地说，"来吧，正好到了小说联播，听完了，你妈妈差不多也下班回来了。"

她的家给艾军的第一感觉是整洁干净。跟他想的一样。她的爸爸，一个病快快的高个子老头跟他说了些话。她也跟他说了些话。大都是他们提出问题，他做出回答。虽然不过是唠家常，但他回答得机灵得体。她已经上班工作了，可知晓的事情却好像不是很多，提个问题要好好想一想才行。她面庞白净，这时会清晰泛出一层红晕，漂亮的黑眼睛显得水汪汪的。她嗓音宽厚，却含有细细一丝甜意，所以，她每说一句话，随便一句什么话，都有一种撒娇的意味贯穿其中，任她怎么以大人的口吻也掩饰不了。说完一句话，她就要看一眼她爸爸。艾军还看出来，老头特别依顺她，简直到了唯命是从的地步。她说什么他都赶快表示赞同。有时候她还没开口，他就接二连三点头称是。开始的时候，有那么一刹那，艾军把自己想象成了这个家庭中的一员。但过了一会儿之后，他十分不愿意老头当他的爸爸。倒不是因为他太老，而是他看起来总有些不对劲，一种说不清楚的怪感觉。老头时不时流露出对别人不信任的警觉神态，但马上又无缘无故非常卑下地点头哈腰，笑着讨好人，隔不一会儿叹口气。艾军刚进去时，老头伏在桌子上读毛选，书页里布满红点和红线。

艾军告辞时，老头客气地送到了里屋门。他的腿好像受过伤，不怎么顺溜。

她说，"再来玩！"又一笑，"谢谢啊！"尾音拖得长长，有点戏谑，那意思好像是说他们已是老朋友了，根本用不着这么客气。

三

吃晚饭时，艾军的妈妈跟爸爸说了个事，说前屋家的姑娘吃安眠药没死成。

"哪天？"做吊车司机的爸爸随口问了句。他发现妈妈很为这个消息激动，觉得有机可乘，好使她忘了数数。艾军一旁看得清楚，爸爸已经超过了规定的三盅酒。

妈妈说，"前天上午，老李家的小华去借洗衣板，怎么也敲不开门，趴窗一看，她直挺挺躺在床上，还以为是煤气中毒，等撬开门才发现一个安眠药药瓶。她哪儿弄到的那么些，你说呢？"

艾军无声地吃着饭，弟弟边吃边看桌上的连环画。

"是呀，那么些安眠药可不好弄。"爸爸倒满酒盅，显然他也不知道从哪儿弄到的，"小华找谁撬的门？"爸爸问，仿佛这倒是个很关键的环节。

"好几个呢，王胖子，老吴头……"妈妈一一数来。有两个现在拿不准，要等明天再打听打听。

"大姑娘看起来挺老实的，却干了那丢人事，到头来又遭人甩！"妈妈眼瞅着爸爸，打住了。

爸爸呢，可能是喝酒喝多了，竟当着孩子的面说开了下流话。他说，"喊，谁不知道舒服？"

妈妈赶快使眼色。艾军偏过头去看连环画，觉得仍难以掩饰，就问弟弟，书是哪儿来的？向谁借的？

弟弟回答，"爱武的，"又赶快说，"我还没看完。"

妈妈突然不耐烦地大声喊，"快吃，吃完了屋里看去！"

爸爸不急不慢地问，"哎，她爸爸怎么样了？"

妈妈说，"早抓起来了。正是为他闺女的事。上纲上线了——用美人计拉拢腐蚀青少年。"

"还行！"爸爸咂咂嘴，大概是赞美酒的味道。

妈妈迷惑不解地问，"什么？"

爸爸回过神，"姑娘大了跑风，关她爸爸什么事儿？"

"谁说不是呢！女儿给人糟蹋了，反说是爸爸教唆的。冤不冤死了你说！"

爸爸说，"老右派从前是二中的校长。他老婆是他的学生，比他小十多岁。"

"真的！"妈妈故作惊讶，其实她早就知道。

爸爸接着说，"他有点学问，可惜脑子受了刺激，老婆死后就更不行了。姑娘就是唯一的倚靠了！"

妈妈不言语。过了一会儿，她说，"这一家人也够惨的了！现在还在医院抢救。听说吃了那药，救过来也会二二乎乎的。可别这样呀！……"

艾军一口把饭扒了，撂下碗就走。

妈妈喊，"回来预习功课！"

"明天开批判会，不上课！"艾军头也不回。走出老远，拐了个弯。经过她家时，他看到后院的门被掀掉了，十几只来克亨已踪影不见。

四

艾军学校的队伍从东门进入体育场。同时还有其他队伍，在一面面红旗的率领下，步伐齐整，喊着口号，唱着四拍子的革命歌曲，在持枪荷弹的民兵之间，雄赳赳跨进入场门，走向指定的位置。偌大体育场很快摆满了，人们像挤砖头一样挤得紧紧的。等了好长时间，大会开始。

一声猛喝，五花大绑的罪犯押了上来。挂在他脖子上的牌子左右晃荡，上面写着："流氓教唆犯朱贵仁，男，五十二岁，判处有期徒刑二十年"。他眼皮肿胀，面色苍白。一个民兵揪着衣领揪起他的光头，扭着左右转了转，约莫人们看清楚了，才使劲摁了下去。不知怎么，艾军这时候想起了他在家读毛选时的情景。他过于专心致志，女儿叫了两声才把他唤过来。

嘹亮的高音喇叭声，在人们头顶交汇盘旋。

"……帝修反把他们的企图放在了我们的第三代第四代身上……糖衣炮弹拉拢腐蚀青少年……下面，由一位曾经身受其害，经过帮助教育，已经悔过自新的青年现身说法，揭发批判……"

狗耳朵大踏步走上台。

"……当我决定不再干那见不得人的丑事的时候，朱贵仁这个披着人皮的狼找到我，拉拢我去他家……朱贵仁你说，是不是你干的？"

"是。"

主持人吼道，"大声说，是不是？"

"是。"

"到了他家，他女儿，那条美女蛇在里屋。我不进去。他叫我进去。还说，'求求你了！'呸！你说，这些话是不是你说的？"

"……"

主持人喊，"快回答！是还是不是？"

"……是……"

"当我不再去他家，不再听从他的教唆时，他原形毕露，用木棍打我……"

艾军慢腾腾挤到老师跟前请假，说肚子疼，得回家吃药。他这是第一次撒谎，但并不脸红。老师准假，条件是下午要是好了，必须上学校参加讨论会，写观后感。还安排了一个同学护送出会场。

好不容易挤到大门口。那个同学说，"二十年出来，老家伙七十二了。"

五

他跨上台阶，推开门，进到了药味弥漫的医院正厅。

几个坐在长条凳上的病人转过头，一脸茫然。另一些人在挂号拿药的窗口前推搡拥挤。一个穿白大褂的中年妇女从楼梯下来，艾军赶快迎上前。

"大夫阿姨，病房在哪儿？"

大夫阿姨昂着头没听见似的走过去了。

　　艾军一咬牙，"我自己能找到！"他决定沿着一条最长的走廊走下去，要是没有，再回头重找。他仰着头左右看着门牌标志。走到头，一块"非本院人员止步"，他便折回来。

　　"别跑！"有人喊他。

　　他没回头，拐上了另一条走廊。

　　走廊中段是个小厅，角上有座锅炉，一个病号正在打开水。锅炉另一侧，隐蔽着一个铁栅栏门，铁门里面就是通向住院部的楼梯。艾军找到了它。从楼梯上下来一个老头把他推了回来。哐当，关严了铁门。老头是这里把门的。他浑身酒气，根本不理艾军的解释。一会儿，打开水的病号过来，他打开铁门，放他进去，却再次把艾军挡住。

　　"你个小痞子，"老头张口就骂，"跑这里捣乱来了是不是？看病号？看个屁，快滚！"

　　艾军气得说不出话，差点儿哭了，他弄不明白老爷爷为什么要这样辱骂他。

　　一个戴眼镜的男大夫，停下来问他怎么了？妈妈是谁？

　　老头抢先说，他不是医院家属，是来偷输液管做弹弓的小痞子。

　　"不是，我来看病号，"艾军说，"我，我不知道她现在怎么样了，她特别需要人。"

　　大夫问，"噢，那你告诉叔叔，你要看谁？叫什么名字？是你什么人？"

"她不是我什么人，是，我，她姓朱，她是我姐。"

大夫一笑，拍拍艾军的头。

"小家伙，里头可没有什么好玩的。更不可偷东西，告诉了老师就不好了。"说罢上楼去了。

大夫一走，老头更来了劲。他朝身后桌子底下张望，寻找什么。

"小流氓，再不走，我找根棍子揍你。"

一刹那，艾军仿佛看见她披头散发，成了游荡街头的彪子，人们扔石头打她，骂她，耍笑她，其中最凶最狠的就是这个老头。艾军后退两步，从裤兜里抓出一把黄豆，照准老头打过去。黄豆打得铁栅栏乒乓作响。这秘密武器原是他吃剩的零食。

他大声喊道，"你妈的，操你妈。"

一句出口，痛快无比。他兴奋起来，继续打着，打一下骂一句，哪里像第一次骂人。

"你才是个大流氓，教唆犯，你是个叛徒，工贼，内奸，特务……"

老头捂着脸，试着用脚开铁门，"好，好你个小痞子，小流氓，看我抓住你。"

打完最后几粒子弹，艾军哈哈狂笑，倒退着小跑。他感到浑身是胆，干脆站了下来。

"来，来，你来啊，老痞子，老流氓，流氓教唆犯！"

老头愣了愣。

"来，你来，出了这个门试试，我叫你玩完！"这一套天外飞来，说得真顺溜，到火候，有气派，连艾军自己都暗暗吃惊。

老头真的没敢追过来，呆呆地站着，手不比画，脚也不跺了。

"来，来啊，你个老坏蛋，小东西，大花脸，你敢跟我闹？你也不去战备街道访访，谁不知道我的大名。行，哥儿们记住你了，跑了和尚跑不了庙，明天哥儿们带人来，平了医院，平了你家。谁也别拉，你等着。"

艾军大摇大摆转过身，耸着肩膀，晃儿晃地往外走，迎面两位护士，挺俊的两个嫚儿，瞪大了眼睛看着他。

再见洋铁盒子

　　洋铁盒子是玻璃蛋的哥哥，喜欢站在马路中央指挥交通。不过，刮风下雨天他不出来。街道上有个顺口溜：大胡说子二胡说子苹果英华洋铁盒子，说的就是他们。英华住在四层楼上，经常推开窗子骂大街，一骂两三个钟头，只骂一个人。那个人的名字我至今记得，王长江，可不是什么好人，他反革命、耍流氓、投机倒把，还勾结帝修反。英华学生时非常文静，下乡昭乌达盟，在青年点得了病。"可惜了呀，漂亮的大姑娘。"其他四位男精神病都是先天性的。

　　连体婴儿大胡说子二胡说子，做了分离手术，不但模样儿一样，脑袋后面长长的亮疤也能对上。总有人要把小哥儿俩背靠背对一对。大胡说子和二胡说子便会乖乖地告饶，"千万不要碰响啊，我们的脑袋怕碰。"这话是妈妈教的，因为有些小子对完了亮疤还要"咣当"来一下子，"不许胡说！"苹果不出门，很少人知道他什么样子。我的同学小柱子曾经假装走错了，闯进苹果家转了一圈，出来后噤若寒蝉，只字不提。小柱子擅长模仿，学谁像谁，有一次正上着马列课，老师在黑板上抄写语录，小柱子悄悄站了起来，白眼一翻，一只胳膊断了似的耷拉着——洋铁盒子指挥交通。我们哄堂大笑。老师转身就把黑板擦子砸在了小柱子的脑袋上。冤枉不了好人，小柱子的皮腰带还扎在衣服外面呢。小柱子学我结巴，我不跟他玩。我跟玻璃蛋是好朋友。玻璃蛋跟洋铁盒子是亲兄弟，他们有个姐姐杨小华，外号叫杨美丽。杨美丽参加工作两年多了，仍然没有找到对象。

洋铁盒子小时候，见大伙儿踢盒子找不到个洋铁盒子了，自告奋勇充当洋铁盒子。大伙儿踢他的大腿，踢他的屁股。使劲踢，脚都踢疼了。洋铁盒子不愧是洋铁盒子，很快他能根据被踢的方向和力量，决定往哪儿跑，跑多远。这样大家伙儿下一次才愿意踢他。听到有人喊洋铁盒子，他马上跑过去，用早就攥在手心里的一块石头，围着自己画一个大圆圈。渐渐踢他的那帮小子长大了，他也长大了。长大后的洋铁盒子不喜欢长大了的同伴。他喜欢还没有长大的小孩子，喜欢姐姐，喜欢扮交警指挥交通。

还真有司机拿他当回事儿。

"同志，跟您打听一下，去沥青厂怎么走？"

洋铁盒子伸臂一指。

"谢谢。"

"别客气，这是我们应该做的。"

车子开走了。交警缓缓放下行礼的手臂，似乎发现了什么地方不对头，猛然追了上去。

司机摇下车窗。

洋铁盒子挺生气："你怎么故意反着开呢？"

"你不是说这边吗？"司机说。

洋铁盒子说："那边。"

"刚才你说这边。"

"我说这边有什么用，沥青厂在那边。"

更多的司机愿意逗他。

"洋铁盒子，洋铁盒子，带你去天津街玩。"

"不去。"

"去吧，说不定能捎个媳妇回来。天津街媳妇可多了。"

"多有什么用，没有好看的。"

"今天是星期天，好看的都出来了。上车吧！"

"不去。有好看的你自己不早留下了，你当我彪啊。"

"洋铁盒子，洋铁盒子，带你看电影？"

"不去。"

"朝鲜电影，好看！"

"朝鲜电影，又哭又笑，有什么好看的。再说了，看完电影就黑天，我找不来家了。"

秋季买煤买白菜，大家争相招呼洋铁盒子，推车背麻袋，不在话下。见着领孩子抱孩子的，他会主动上前。要知道，有姐姐给刷鞋洗衣服，洋铁盒子干干净净的，一点不讨人嫌。有一天街道来了串亲戚的小两口，拎着大包，领着个男孩子。小男孩大眼睛，咿呀哼唱着儿歌，走路一蹦一跳。洋铁盒子在路边上看得实在忍不住了，跑了上前，拍拍手，要抱抱。孩子被吓哭了。年轻的爸爸一冲动，举拳揍洋铁盒子。年轻的妈妈也跟着打。洋铁盒子长得高大，但不会还手。他的嘴唇肿了，鼻子破了，流了一身血。夫妻俩打够了，走了。洋铁盒子坐在马路牙子上哭。我拉他回家，拉不动。刘政下班经过，这才好歹架了起来。把洋铁盒子送到胡同口，刘政着急离开，朋友还等着他去喝酒呢。玻璃蛋出来踢了哥哥两脚。杨美丽气得满脸通红，扬言这事不能这样算完。跑了和尚跑不了庙，查得出那是谁家的亲戚。

　　街道上传言杨美丽跟社会上小痞子交往甚密，其实没有。她找不到对象不是因为这个。往往开始谈得好好的，等知道洋铁盒子是她的弟弟，人家开始不愿意了。不愿意就不愿意，杨美丽并不降低自己的标准，一点都不降。街道修马路，施工队里有两个严肃活泼的小伙子，特别引人注目，一个叫刘政，一个叫王志军。踢球的时候，刘政前锋，王志军把大门。刘政的嗓门很大，笑声也大。王志军可能觉着自己的眼睛长得漂亮吧，开口讲话之前，总要先看你一会儿。午休的时候，施工队的工人们打扑克、聊天、抬杠，王志军和刘政带着我们踢球。

我愿意跟刘政一帮，他经常把对方后卫过了，再把球传给我，让我射门，即使射不进，他也是笑呵呵的，从不埋怨。我并不知道杨美丽跟王志军好上了，我才五年级欸，等碰巧知道了，王志军已经决定跟杨美丽拉倒。那天中午，我们一帮等着踢球的小哥儿们围在红色的客车车厢的外面。我到的时候，看见小柱子已经在车厢里面了。他能干什么？学洋铁盒子他们呗。

有人笑得饭都喷了。可是，不算小柱子，还有两个人没笑，一个是王志军，我正奇怪呢，另一个是后来的杨美丽。

杨美丽给王志军送饭来了。她专门从家里做好送来的。

她拎着网兜，网兜里面装着饭盒，怕饭菜凉了，裹着一条旧围巾。

小柱子赶快找了个旮旯猫了。王志军背靠着车门，不朝杨美丽这边看。

"小王，小王。"杨美丽喊。

"王志军。"她大声喊。

没有任何人回应。

她只好对我说："你去叫叫他吧。"

我硬着头皮上了车厢，轻轻拉了一下王志军的胳膊。

王志军的神情竟然酷似挨了两口子揍的洋铁盒子，只差呜呜哭泣了。

我又拉了他一下："有人找你。"

他还是不动。

"杨小华找你。"我说。

王志军说："滚啊！"

我下了车。杨美丽已转身离去。走不远碰上了从外边回来的刘政。

"给我送饭？我正饿着呢，"刘政不笑不说话，"怎么？哭鼻子了？我这不是来了么。"

杨美丽想快点离开，刘政横移一步，抓过她手中的网兜。

"韭菜炒鸡蛋，闻着香味了。"刘政说，他把饭盒拿在手里，准备打开。

杨美丽夺了回去。

"你真的想吃吗？"她说。

刘政说："我什么时候撒过谎？"

杨美丽打开饭盒，把饭菜倒在路边地上。

"去我家，重新给你做！"

我九岁随家从山东迁来大连，住在战备街道。街道东西向。东端起自炮台山的山顶，然后顺势而下，到最低处，通过一座石条桥横压着一条污水沟。过了沟，街道抬头爬向炮楼山，坡势跟炮台山相仿，可是爬到一半，突然没了力气似的停止了。四栋红砖楼，众多平房，小房，鸡窝，全部系在这条拉满了的弓弦上。地底下那只大手如果一松，它们就会统统被射上天空！

我家住在炮楼山这端。洋铁盒子家在沟底。放学的时候，碰上汽车上坡，高年级的小子争着勾住车后斗，直到坡顶，再轻松地跳下来。我和玻璃蛋另有玩法，我们跑到踩油门的地方使劲嗅闻，谁也不知道我们在干什么，哈哈，老汽油的那种甜滋滋的香味，一旦捕捉，沁人心脾。

吃了午饭，我去玻璃蛋家找玻璃蛋，我们说好了要去炮台山上挖子弹壳的。杨美丽在院子里洗头。她只穿着一件衬衣，头上满是肥皂沫。刘政手持暖瓶，往脸盆里添热水，伸手试一下，又多添了一点。他发现了我，笑着跟我点了一下头，大大方方的。

杨美丽眯着眼睛。

"在那儿。"她手往院墙外边一指。

我就去了炮台山。玻璃蛋坐在炮座上，手持一根树条。

"有事，有事。"洋铁盒子嘟囔。

玻璃蛋用树条抽他："有个屁事！"

我说，"咱们还得去挖子弹壳呀。"

玻璃蛋移开树条："滚蛋吧。"

洋铁盒子下山的时候嘴里还在嘟囔："有事，有事。"

真有事了，杨美丽跟着刘政跑了。工作啥的都不要了，失踪了。有好多种说法，其中一种比较可信的是杨美丽怀了孕，早晚得被开除，索性跟刘政跑大兴安岭伐木去了。

洋铁盒子问我："大兴安岭到底在哪儿？"

我回答不上来。

"大兴安岭离这儿远不远？"

"远，肯定远。"

"你去过吗？"

"没有。"

"老洋，"小柱子在一旁说，"我去过，我还见着你姐姐了呢。"

洋铁盒子说："撒谎有什么用，我姐姐什么样子了？"

小柱子扭着屁股走了一圈。

洋铁盒子问："你俩说话了？我姐姐问到我了吗？"

小柱子突然严肃起来。我这还是第一次见他玩笑开到一半开不下去了。

小柱子想走开，被洋铁盒子拉住。

小柱子说："见着拉木头的车，你问问，是不是大兴安岭来的。"

一个阴天，街道上冷冷清清。行人的脚步，比平日快了一倍。拉着两根粗圆木的大解放，被一个脏兮兮交警拦住。

"师傅，是从大兴安岭来的吗？你见没见着我姐姐？"

司机说："什么？"

"你见着我姐姐了吗？"

"滚开。"

"发火有什么用？你见着我姐姐了吗？"

司机是个小伙子，跟车的也是个小伙子。

跟车的小伙子对司机伸出手掌，示意别着急，这事由他来办。他探出头来，和蔼地问道：

"你姐姐叫什么名？"

"杨美丽。"

"挺好听的。你姐姐在大兴安岭干什么？"

"伐木头。"

"很累人。你姐夫呢？"

"说什么呀，我姐还没结婚。"

"你不想去看你姐姐吗？"

"想有什么用，我不知道路。"

"那还不快上车？我们正好要去大兴安岭，捎捎你不算什么。"

洋铁盒子毫不犹豫爬上了车后斗。

"谢谢。"

"别客气，这是我们应该做的。半个钟头就到了。"

司机都快笑岔气了。

当晚西伯利亚寒流来临，雨夹着冰雹，最后变成大雪。

被卸在公路边上的洋铁盒子，冻死在了农田看瓜棚子的门外。人们说，没见过这么老实的彪子，冻死了，也不敢进人家的棚子。

病孩子

上

在广场集合等车的时候，天空就是阴的。

范明知仰着脖子，张着嘴。

旁边的人会以为这孩子发呆，其实他是用嘴接偶尔掉下来的雨滴。谁往天上泼了一大桶墨水呢？又像她跑步的时候，皮筋掉了，浓密的头发甩了起来。太阳都被遮住了。

他本来要在家画画的，妈妈非拉着他出来不可。那幅画已经画了好几天。黑色的海底世界，螃蟹娃娃不小心卡在了石缝中，螃蟹妈妈去解救。但他总想不出最妥当的解救方法，所以始终没有画完。

卡车开动，马路渐渐变黑，这是因为雨下下来了。立刻，一个跟着一个，家长们比赛谁更心疼自己孩子般开始大惊小怪起来，把他们赶到车棚尽里头不算，到了海边，又说会着凉生病，不准下水。其实雨很小，软绵绵的毛毛细雨。

总共有十三个男孩。除了一个较大些，其余十二个差不太多。一下车，他们就冲到了海边，歪着身子打水漂儿。专拣那种扁平的、握起来得劲的石子，最好是椭圆形，直溜溜一大串。

大海稳稳地在那里，浑浆浆的，被滴下来的墨滴污染了。滴到海里的是墨，滴到地上的是水。所以，沙滩仍然是黄色的。

家长们用木棍和篷布支起一个巨大的凉棚，铺好塑料布，然后打开从家带来的包裹，取出桃子李子油条面包等好吃的。像石头子变成的似的，一堆一堆的，有的是。家长们告诉孩子，等会儿单位还分西瓜和香肠，只要他们听话，还会给他们买汽水喝。孩子们吃着笑着，非常乖，谁见谁夸。家长们美坏了，得意洋洋谦虚几句，再唠唠叨叨补充许多。根本不用担心人家嫌噜苏，别忘记赞扬对方的孩子就行。

唯独那个较大的孩子例外。

他没受到半句夸奖，甚至根本就没有人正面提到他。到他这儿，人们很小心地避开了。他不打水漂儿。不吃好东西。独个儿站在一块刚刚退潮退出来的礁石上。

这边的孩子们要玩骑驴。家长们异口同声反对。骑马打仗？爸爸们默许，妈妈们摇头。只好踢洋铁盒了。

"轰"地出了凉棚。但踢洋铁盒没踢多长时间，又改踢猫了。有一个孩子不知从哪儿捉住一只小猫，大家围成个圈，把猫扔到中间，等它往外跑的时候，把它踢回去。到谁的脚下谁踢，看谁踢得狠踢得准。这是只刚离窝不久的小猫，几个来回，就成了血肉模糊的一团。有一阵子，它装死，然后猛地一钻。可马上就被追上，狠踢一脚，飞到半空。

范明知跟他们一块儿踢洋铁盒了，踢猫时他退了出来。他曾学姥姥的话，说这是伤天理。结果招来"胆小"的嘲笑和"叛徒"的蔑视。而且为了表示自己勇敢，一个个下脚更狠了。

范明知离开了他们。他总觉得小猫在用泪汪汪的眼睛看他。他不敢回头。范明知是个结巴，许多话都憋着，只在心里跟他们争个没完。

他低着头往海边走。不知不觉走到了那块礁石旁。

礁石上的大孩子一直在朝他望。范明知也站下了。两三步的距离，面面相觑。

那边，踢猫的孩子在叫喊。棚子里，家长们打扑克，喝啤酒，谈林副主席。为那架三叉戟是否是导弹打下的，有三四个人争得面红耳赤，简直要动拳头了。

"你终于来了！"那个大孩子说。

范明知没弄明白他为什么这么说。

那个大孩子继续说："你不一样的。看看，掉眼泪了，快擦擦。你跟他们玩不到一块儿去。我早看出来了。你去哪儿？哪儿也别去了！跟我玩吧！我们一块儿干点正儿八经的事。拿着……"他把手里的一根铁丝递给范明知。

大孩子嗓音挺粗。老爷儿们嗓子。讲话很急，却和气。上嘴唇上浅浅地盖着层软须。

"快拿着！我叫张国民，我们现在就是好朋友了。你叫什么？"

"范明知。"

"范明知，范明知，"他皱起眉头，似乎令他想起了什么。然后很快又不耐烦了，"好了好了，不用讲那么多，快过来看！"

范明知握着被硬塞到他手中的铁丝，走近过去。

"你看，"张国民说，"它就在这条石缝里。它见了我，一害怕才躲了进去的。可这里不是它的家，它的家在那条石缝里。你懂了吗？我们现在的任务就是帮助它回家。你看！它妈妈在门口叫它。看见它的妈妈了吗？那个，就那个。"他长叹一口气，"唉……当妈妈的心里多焦急呀！"

范明知用铁丝轻轻碰了碰"妈妈"，那只大螃蟹倏地缩了回去。

张国民一把夺下铁丝。

"不！"他哭丧着脸，"这会碰掉它的钳子，没有了钳子就是没有了手，没有手它怎么活呀！"他从礁石上扯下一只海虹，往礁石上一磕，抠出肉，挂到铁丝上，"看，得这样！它是个小胆儿，试一试，碰一碰，不真夹。它不知道我在帮它。可在别人家待久了，会遭到伤害的。你也是个好孩子，你试试，也许你能行。”

“别的螃蟹真的会夹它吗？”范明知问。

“当然了。它们会闻出来它不是这里的，然后一条腿一条腿地把它扯碎。”

“那我们快点。”

“注意！别伤着了它。”

这时，一个孩子气喘吁吁地跑过来。

就是第一个捉住小猫的那个，上嘴唇噘着，龇着门牙，显得十分霸道。他个子没有张国民肩膀高，很狂妄地做了个踢人的动作：“喂！”

张国民吓得一哆嗦。

小孩说：“咱妈让我叫你过去吃西瓜。”根本不等人做出反应，就火了，“我说话你听见没有？”狠狠地，“就不该带你来，净给人丢脸！”

“弟弟……”张国民近乎哀求了，不知怎么，他一下子变得很害怕，都结巴了，“弟弟，别……别……别说！”

弟弟转向范明知：

“你敢和他玩？他是彪子，犯病会打你。”

张国民简直要哭了，“你胡说，我已经治好了。”

“好了个屁，昨天是谁把咱爸的白衬衣给画了两个螃蟹？咱爸说了，再有一回就找条绳子勒死你算了。”说完转身就走。

张国民两眼发直，一言不发。弟弟走的时候，范明知也想回去。他看见妈妈在向他招手。可是，直等张国民的弟弟走远了，他才说："咱们回去吧！"

张国民垂头丧气："你还跟我玩吗？"

"跟。"

"他们知道我住过院，就不跟我玩了。我没有人玩。大夫说，越是这样，我的病就越不容易好。

"哎！我告诉你一件事，你谁也别说。我老对儿不够哥儿们，告了老师，给我开了批判会，批判我的流氓思想。从那以后，我就得病了。你慢点走，我告诉你那件事……二班的阿芳长得真好看，不骗你，长得绝了！头发长长的。哎，别说是我说的啊。"

他们走到了凉棚边上。张国民又嘱咐：

"千万保密！再让老师知道我就完了。"

中

从海边回到家，雨已经下得很大了。吃过晚饭，妈妈要去码头接爸爸和弟弟。他们乘晚上到港的客轮从山东老家回来。范明知在那里长大的，但爸爸不带他回去。现在，范明知要求跟妈妈一起去码头，妈妈也不准许。范明知开始哼唧。

妈妈不耐烦了："这孩子今天怎么了？你已经叫雨淋
感冒了你自己不知道？在海边上吃了饭就闹着要回家。
回了家又要去码头。以后你哪儿也别去了。领你弟弟去
不领你。"

范明知感到一种前所未有的绝望："我——我自己在
家害怕！"

妈妈往外走："有什么好怕的？我把门锁了！"

"妈！"

妈妈出了门，走进雨里。

范明知拍打窗玻璃。

"妈！……"

妈妈没好气地回过身，雨衣的帽子差一点从头上掉下。

范明知打开小气窗。

"我要是彪了怎么办？"

妈妈在水里一跺脚："快关上窗！你已经彪了！"说
完猛地离去。

雨大如注。街道像条汹涌奔腾的河。

范明知被一个突然冒出来的念头牵了过去……雨再大
些！爸爸的船就可以从大海开上街道，曲里拐弯，开到家
门口，让妈妈在码头扑个空。他笑了，笑出了声，然后猛
一下躺到床上，蒙上头，呜呜哭起来。

"……我都快彪了，你们谁也不管……"

下

范明知的弟弟，一个小小孩，噘着嘴唇，露出门牙，一声不响盯着说胡话的哥哥。他感到纳闷，哥哥什么时候长胡子了，前些日子还没有呢！

床的另一边，爸爸妈妈在商量送范明知去医院的事。

“……爸爸，别用绳子勒我！……”

一定要给你个惊喜

　　王彩桦干了五年陪护，干够了，脏不算，关键是累，没白没黑的，身累，心更累，病号和家属各有各的不好伺候，加上无论怎样辛苦，到了最后，病人仍然会变成死人。有的陪护兼给死人穿衣服，王彩桦不挣这份钱，那样会不由自主地盼着病危者早点儿结束，想想后怕啊。

　　王彩桦陪护的第一个患者是自己男人。做架子工的内蒙古汉子，不幸从二十米高处摔下。王彩桦便从老家赶了过来。走廊加床旁，她陪着丈夫过完五十五年人生的最后半个月。邻床的家属见她心细手勤，试着请她，她铁了心回老家的，最后时刻迸发了回去看一眼的冲动，也考虑这里挣钱相对多些，就留住并一直做了下来。王彩桦天性温良，适合跟乖戾的病人和急躁的家属周旋，有的病人换了多少个陪护，到她气才顺了。她不笑不开口。对病房这个黑匣子来说，善意的笑容等于照进来一道阳光，明亮得很，温暖得很，稀罕得很。一位卧床多年的老太太，临终前拉着王彩桦的手，当亲生孩子一样依靠、挂念。

不忙的时候，王彩桦坐在凳子上打盹。确实，她从未深思过，究竟怎么回事，让她从赤峰来到了大连，那个根本的东西是什么，让她一步一步，走到今天这般，她从来不用"这就是人生""这就是命运"安慰自己，她只是走一步想一步，最近她常想的是，护理完老郑头，就回老家。

"叫我哥。"病床上的老郑头闭着眼睛说。

白天，老郑头一言不发，夜晚关灯了，他开始活跃。老郑头伸手寻找凳子上坐着的王彩桦。

他拉住她的手。

"上来吧！"

王彩桦把老郑头的手塞回到被子里。

"老实点吧，再闹一宿？"

"给我装啊，等我病好了的。"

"哎哟妈呀，求求你，快点儿好了吧。"

"你到我诊所上班。任命你当护士长。那两个，我统统辞退。"

老郑头有个卖祖传药方的诊所，他任所长兼所里唯一的大夫，还有两位女护士，各兼会计和出纳。两位女护士，五十多岁，浓妆艳抹的，分别来探视过，先来的一个，仍不忘告另一个的状，另一个来了，也是这样。可能见郑所长没啥指望了，一趟之后，再没见二人的踪影。

"对不起，坚决辞退，"老郑头说，"聘你，五险一金，有吸引力吧。再招一个年轻漂亮的，给你当助手，"他想笑，却变成了咳嗽，"管你愿意不愿意，就是要让你们为我争风吃醋。"好不容易笑了出来。

"损色吧！还五险一金呢，先把我上个礼拜的护理费结了。咱也当不了护士，咱不会。"

"我的护士还不好当吗？既不打针，也不量血压，取个药是最高难动作了。"

"取错了怎么办？"

"那也吃不死人。怎么能取错？总共就一服药，提前包好了。"

"什么诊所啊，更不敢去了。"

"没这里黑！这里是吃干咂净不吐骨头啊。达令，给我倒点水，冰的，我给你讲一讲祖国医学的神奇和奥妙。"

"那你赶快奥妙自己一次行不？"

王彩桦端回水，看到老郑头睡过去了。

邻床的陪护刘姐说："白天昏睡，晚上来精神。"

王彩桦说："晚上他害怕啊，不敢睡。"

刘姐说："没几天熬的了，说完就完。"

王彩桦说："谁知道呢。老天保佑吧。"

刘姐说："都这时候了，家里也不来个人。也不知老头儿操蛋，还是他家里人操蛋。离了好几次婚，应该是他操蛋。"

老郑头醒了。

"什么？"

王彩桦挤挤眼："耳朵可灵了！说你好话呢。"

"哼，狗叫猫叫我还是听得出来的，"他又去拉王彩桦，"哎，上来，上来吧。"

王彩桦打他的手："欠揍是不？"

刘姐嘻笑。

老郑头说："你等着，早晚会给你一个惊喜。"

王彩桦说："还惊讶来。"

老郑头说："一定要给你个惊喜。"

王彩桦说："你能给我个石榴就谢天谢地了。"

她的家乡人常说这句话。王彩桦的丈夫当年追求她的时候，许诺将来给她养辆车，镇上算命先生也是这样算的，王彩桦的妈妈在场，算命先生说她这女婿啊，将来能养辆车。王彩桦不信这个，她笑着说："你能给我个石榴就谢天谢地了。" 小伙子真给他买来了一兜子石榴。

石榴有别于苹果啦，梨啦，西瓜了什么的，它可以一粒一粒，慢慢享用，打开了仍可以放好多天，单这一点，葡萄都没法比，大枣也不一样。

老郑头问："今天几号了？"

"二十。四月二十。"

老郑头若有所思，"躺了整整一个月了，"片刻之后，他又似乎在强迫自己亢奋起来，"上来吧，让我磨磨枪。"

王彩桦说："老实睡觉！尿尿都得揪，还想三想四。"

"哼，能拔出脓来就是好家伙。一个个都跟我说，'你也不怎么样啊'，可都离不开我了。踹都踹不开。"

"还吹？都走了仨了，"王彩桦像是对刘姐，又像自言自语，"别看这个熊样子，离了三次了。第一个老婆，一块儿中医医院当大夫，他跟一个护士乱搞，离婚了。下放到玻璃厂当厂医，又跟一个女会计乱搞，第二个老婆跟他离了。第一个老婆生了个女儿，带走了，第二老婆生了女儿，也带走了。第三个老婆怎么离的咱不知道，没听他讲过，第三个老婆又给他生了一个女儿。"

老郑头闭着眼睛："到你这里全成了乱搞。"

刘姐说："有老婆了还乱来，不是乱搞是什么，就是乱搞！"

"行，你们说了算，乱搞就乱搞。"他去拉王彩桦。

王彩桦拨拉开。

老郑头睁开眼："老大明天能来？"

老大指他的大女儿，两口子开了个不算小的酒店，老郑头内心依靠她，盼望她能想个办法，转个院什么的。但他从未对女儿提过。他只跟王彩桦说。王彩桦转述了，大女儿没有表态。

老郑头长叹口气："怎么一天不如一天啊？"

王彩桦明白他这病去哪儿都白扔钱，但不能说："别瞎琢磨，不当回事儿就没有事儿。"

"我才不在乎咧，"老郑头翻了翻眼睛，"该死该活屄朝上。"

　　护士查房，进来转一圈，出去了。老郑头认出了这个小丫头，有一次抢救，就是她当班，当时老郑头喘着粗气，也没忘对她开玩笑，"你看，阎王爷不收啊。"老郑头一直觉得这小丫头是好运气的象征，目送她出门而去，王彩桦跟着过去，把门轻轻关严。

　　她听到身后的老郑头道："大事不妙，要瘪茄子了。"

　　他的大女儿过来料理后事。该忙活的忙活完了，结护理费，不差钱的酒店老板娘，竟然掐头去尾，少给了一天半的工资。说真的，还从来没有这么结账的，给病人送终，能赏不能扣啊。

　　王彩桦却不露出丝毫惊讶，丁点儿没计较，一心默念老郑头一路走好。老板娘反倒有些目瞪口呆，显然，她是做好了吵架准备的，平常算计刻薄惯了，一时难以适应，像王彩桦这么善良老实的人仍然存在于世，温良和气地站在她面前。

　　九月的赤峰已微有凉意。

　　老郑头遗嘱财产竟然有王彩桦一份，这是王彩桦完完全全没有料到的，好在数额不多，她才放下心接受。

　　"真是个奇怪的老头啊，我怎么早忘得他一干二净了呢。"她在心里喊。

　　从镇邮局取了钱出来，王彩桦到路边摊位买了一只石榴。

　　她算了笔账，获赠人民币共计两百三十元整，如果把他大女儿克扣的一天半工资刨去，一天一百五，一天半两百二十五，还剩五元，不多不少，正好一只石榴的价。

哪有这么巧的呀！

沉甸甸的石榴，简直就是老郑头亲自买了，送到了她手上一样。

"谢天谢地啊。"她难为情地说。

"啥？"卖石榴的妇女把五元钱揣进腰包，拉链不怎么好使，来回拉了三四下，停顿，再拉，才终于拉上。"今年大丰收，啥都便宜，多大的巨峰，十块钱四斤，你再看这个，大连的红富士，带点干疤，不耽误吃，三斤，十块钱三斤，买点尝尝吧，大姐。"

我是保镖

刘光去瓦房店押大小，要我给他当保镖。

刘光说："周六早晨出发，下午回来。"

刘光说："放心，不会出岔子，你去装点一下门面。"

刘光说："可以，当然可以，出了事你可以先跑，无论对我还是对钱，你无须承担任何责任和义务。"

周六早晨，老板开着从礼仪公司租借来的套牌奔驰，接了保镖，上高速，进国道，东拐西转，到了一个村口。

老板停下车，跟保镖互换了位置。

按照刘光的指点，我把车开到了一座大院前。院门被两位光头大汉从里向外推开。从他们前俯的角度看，院门非常沉重。车进去后，两位光头马上后仰着身子把大门拉回来。

院子呈长方形，挨排停着七台车。倒车的时候，我险些碾到一只晒太阳的花猫，为了躲避这只花猫，又差点儿蹭到一辆叉五的前杠。

　　分明是座农家大院，却有统一着装的男女服务生跑前跑后，态度殷勤。刘光拎着装有三十万的皮包，进了正屋，我被门口的服务生拦下："对不起，保镖请到厢房休息。"

　　我进去厢房，门立刻被从外边用铁链子锁上，就等着我一个了似的。厢房另开一门，通往相邻的院子，比刚才的院子小了许多。

　　院子中央，一棵老槐树吊着一只巨型沙袋，两位一米九〇以上的大块头分站两边，随着沙袋的荡来荡去，你来我往，狠命击打。

　　正屋窗前，一张长桌子，摆着苹果、橘子、葡萄和一套茶具，五位神情严峻的年轻人围坐四周。

　　一位女服务生在给桌子上的茶壶里添水。正屋吧台，站着一位男服务生。女服务生看到了我。

　　她指了指隔壁："老板，您应该去那边。"

　　我说："我是保镖。"

　　其实话没出口我就已经开始后悔了，你说你在家看看书，上上网，爬爬山，打打陀螺不好吗？

　　两头大熊停止打沙袋，各伸着一只巴掌，扶住摇晃的沙袋，另一只仍成拳头状，举在胸前。桌子上喝茶的五个小伙子，除了背对我坐的一位，都转过头来盯我。

　　我听见我在嚅嗫，但一点没觉得丢人。

　　"呵，我不是，没事儿，我，随便看看。"我边说边朝桌子旁的一个空椅子走去。

空椅子旁边的一个小青年，慢慢把双脚抬了起来。他抬脚的速度配合着我走路的速度，我走到椅子跟前，他的脚也恰好放到了椅子上面。

我进退两难，有人救了我，就是背对着我坐的那位小伙子，他把身边的椅子拖出来。

"叔，请坐。"

小伙子黑龙江口音，说话间挺着胸脯站了起来。

他跟我差不多高，比我瘦，也就是说，我的保护者又瘦又小。

但是所有人都似乎被他镇住了。

"谢谢。"我坐了下去。

两头大熊继续打沙袋，只是不用拳头，改用手掌了，击打声，回音声，此起彼落。

过了一会儿，一对小伙儿从桌子旁站起来，墙角上放着两副拳套，他俩拾起来，到一旁空地上打开了拳击。

我给黑龙江小伙儿递烟。

小伙子说："谢谢，叔，不会。"

我把整盒烟，连同打火机，放到了桌子上，并用手指尖往中间推了推。

两位拳手勇猛有余，技巧不足，一冲，就扭到了一起，撕扯半天，分开，再冲，再扭到一起，倒有用不完的蛮力。

黑龙江小伙子对此不屑一顾，他端着茶杯，眼神放空。

女服务生过来倒了一遍热茶。

两位拳手打累了，摘了拳套，大喘一阵，然后回到桌子旁喝茶。

两头熊拍打沙袋不停。

像演出彩排，又有一位小伙子离开桌子，从腰里抽出两根双节棍，耍了起来，眼花缭乱的。我想了想刘光。

我俩二十年的朋友了，打麻将认识的，后来我颈椎坏了，不能玩了，他则越赌越大，红五、斗鸡、球，什么都上，老婆离了，分给他的两个服装柜台输了，最终房子也输了。我俩一两个月能见一次，喝杯酒，聊聊天。有些话他愿意跟我讲。他觉得我应该听得懂。局散了，从室内走出，八月里，烈日当头，你却不停地打寒战。

这还不算什么，真正折磨你的是你会想，重复地想，站着想，躺着想，控制不住地去想，如果当时换一张牌，或者干脆根本不赌，那些钱不是输掉而是慢慢花掉，你的小日子该有多么惬意啊。你肯定曾有过短暂的胜利，也许还很辉煌，那样只能加重你的懊恼，为什么不在巅峰时刻全身而退呢？你会长时间地这样想，想多长时间，就有多长时间的沮丧，不停地想，停不下来。它侵蚀你的身体，摧毁你的意志。世界变窄了，变馊了，变灰暗了。你内疚，自责，愧对亲人，不见朋友，性欲全无，麻木不仁，再进一步，就是六亲不认，不择手段，死路一条，因为伴随无穷无尽的后悔，你还有另一个念头，翻本，可实际结果往往是，越想翻本越翻不成，只会越陷越深，甚至万劫不复。

至于说我们玩过，享受它的过程，输赢无所谓，那他一定是个"业余选手"，输的是闲钱，没伤筋动骨，没见过黑色的太阳。

小伙子耍双节棍的时候，我想了想刘光，我希望他这次赢。三十万本，有二十万高利贷，另外十万，谁知道怎么来的呢。刘光虽然爱赌，但不"讨人厌"。他的堕落不同于一般市侩混混儿的猥亵肮脏，坑蒙拐骗，相反有某种高贵的风度存在，他只是在默默地败家，默默地承受。对我而言，他还具有疗伤的作用，因为有他的数额在，我输的那点儿，就比较容易接受了。

双节棍小伙子连续玩了两个花活儿，非常精彩，我正准备鼓掌，他失手了，棍头把自己脑袋打了个包。男服务生从屋里跑出来，去搀扶蹲在地上的武林高手。女服务生把丢在远处的凶器捡起来。我上前帮忙，让小伙子坐在椅子上休息。

轮到把脚放到椅子上的那个小伙子上场了。他脱掉上衣，露出腰上别着的一圈飞刀。我看至少有十把。

他是个胖子，肥厚的肚皮上布满密密麻麻的疤痕，像被铁沙子打过。他一甩手，一把刀子扎到了老槐树上。

打沙袋的两头熊同时向后跳开。

胖子抽出第二把刀，看看我，看看黑龙江小伙子。

我竖起大拇指："牛，厉害。"

黑龙江小伙子说："有啥用啊。"

胖子一扬手，刀子扎到了我们面前的桌子上。几乎同时手上又摸出了刀子。

黑龙江小伙子挺着胸脯站起来，从怀里掏出一把枪。

如果不是气氛过于紧张，我肯定会乐了。那把枪太奇怪，由玻璃瓶玻璃管金属组成的，枪口上还有个盖子。

黑龙江小伙子把盖子扭下来，压低着枪口，指向了五米外蹲在地上的一只花猫。

普通的猫或玩耍，或趴在地上晒太阳，这只猫不是，它蹲在地上，像个二流子那样，抱着膀子蹲在地上看我们，很有些幸灾乐祸的意思。小伙子扣动扳机，一股液体射了出去。

花猫飞起来，飞过院墙，落到邻居家院子里去了，可能飞得过于远了，很长时间后，我们才听到"扑通"一声，然后是"稀里哗啦"，好像它又继续逃窜，把一个瓶瓶罐罐之类的什么撞碎了。这边地上，它蹲过的位置，留下一小截尾巴，滋滋冒烟。

我这是第一次见到猫会抱膀子蹲着，第一次见到猫飞。

飞刀小伙子的胖脸开始抽搐，有人开始往屋里跑，奇怪的是，这种毛骨悚然的恐惧竟然迅速蔓延到了硫酸枪枪手身上，慌乱中，硫酸枪从他手中脱落，掉到了地上。

等我看清楚一头狮子从邻居家扒着墙头，跳进我们院子，想跑也晚了。

正屋的门已经被逃进里面的人插上，厢房的门也被逃进里面的人插上，院子里还剩下两位打沙袋的大汉，我，还有已经被狮子扑倒在地的黑龙江小伙子。两个大汉把我推挡到了他们前面。

其实那是条藏獒。好狗护三邻，它给花猫报仇来了。

它一边撕咬黑龙江小伙子，一边瞄着较近的我。

我忽然想起来，裤兜里还揣着一条打陀螺的鞭子。那可是一条好鞭子，从鞭把到鞭梢全是用牛皮编成的，甩起来十分顺手。狗怕鞭子狼怕响。我掏出来一抡，正好，畜生扑了过来。

嗷的一声，它跃过院墙，回家去了。我连打了五六个响，方收鞭入袋。

黑龙江小伙子伤得比想象中要轻，左前臂撕开两个血口子，脖子、手背被狗爪子轻微抓伤。大家围在他周围，安慰问候。一场灾祸，彼此的隔阂消失了。我让胖子去吧台找酒："度数越高越好。"

胖子赶快转身，可两头熊的动作更快，抢先一步，肩并肩四只手拿着一瓶二锅头跑了回来。

双节棍找了块干净纱布，我用它蘸着白酒，给伤口做了简单的处理。

我提醒小伙子："一定要去医院打狂犬疫苗，越早越好。"

小伙子坚持等老板下台。

"必须的，我是保镖。"他说。

让人既佩服又心酸，看模样，黑龙江小伙子比我读高中的儿子大不了几岁。我带着一种复杂的感情匆匆跟小伙子告别。那边院子里，我的老板已经拎着皮包等得焦急了。我先看他的皮包，没有瘪，放心了。

我载着刘光驶出了村子。

"没输吧？"我说。

"不重要了。"

"输了？"

"不是那么回事。"

"你好像病了，反正你的脸色很不好。"

"上帝跟我说话了，"刘光说，"他老人家总共跟我说了三句话。"

我一个急刹车。

一辆霸道别在我们前面，险一点追尾。

从车上下来四条大汉和一个半大孩子，孩子手上拿着根狗链子。

我和刘光下了车。

刘光对我说："第一句，上帝说，'不要赌了，你赢不了。'听到这话的时候，我已经赢到快四百万了。我不知道说话的就是上帝。"

四个大汉半包围了我俩，为首的一个大汉问那个半大孩子："选哪个？你指。"

那半大孩子瞪着红肿的眼睛，看看我，看看刘光。

为首的大汉催促他："哪个，哪一个？爹给你做主。"

半大孩子看看刘光，看看我。

"哪个，哪一个？"

半大孩子一指刘光："这个。"

刘光对我说："第二句，上帝说，'跟着孩子走。'当时我输得只剩五万了，还要这些崽子干什么，就全部押了小。"

大汉对刘光说："藏獒的鼻子被你们打坏，送医院治去了。看看吧，我儿子多伤心，说啥也不干，只好请你跟我回去，委屈一个晚上，明天爱干啥干啥，不会少你一根毫毛。就算你帮帮我了吧。"

我一个人回来了大连，先交车，再按事先留的电话还清了高利贷，剩下的钱，一分不少都打进了刘光的建行卡里，九万六千八百六十块整，算没输。我同刘光通了两次电话，他都一边学狗叫，一边肯定地告诉我没事儿。我想，如果明天他回不来，再报案不迟，就挂掉电话洗洗睡了。

看到这里的朋友，应该很想知道上帝对刘光说的第三句话吧。我也想知道。

我去五四广场的停车场找到了刘光，看车员，他游手好闲了二十来年的第一份工作。这天他白班。不仅像普通的看车员那样东张西望，收费，指挥，他还戴着副线手套，说趴就趴到地上去。

他说："看看底盘，有没有漏油，轮胎撒没撒气，新手太多了，特别是女司机，都不懂这些。自从我哄那孩子开心，学狗在地上爬，世界就变了，仰角非同凡响啊。我跟你说，狗是个天生的好保镖。一个好看车的，也是一个好保镖。喂，孩子，等一等！"

他跑到马路边上，拉住两个小学生的手，等着车流少了，领着他们过了马路。

刘光回来："你看，这才是'跟着孩子走'，上帝对我说的三句话，我都在照着做。"

"你把最后五万押上了，然后呢？"

"五万押小，赢了，连续押小，都赢，很快，本就打了回来。这个时候，上帝又开口说话了。我能听得到他的声音，却看不到他长什么样儿，可我已经毫不怀疑，那确是上帝。上帝说，'去吧，去做一个保镖，做一个全心全意为人民服务的保镖，你懂的。'我就下了台。那天你说我病了，台上的两位挖沙子的老板也觉得我病了，安慰我回去好好休息，下周再战。上帝的吩咐，你们还没有听到。"

老王和小王

老王单位效益不好，月工资才三百来块。老王老婆单位更不行，放长假一年多了，半个子儿也没有。朋友曾介绍一个站柜台的活儿，收入算可以，只是她受不了老板的流里流气，用话撩拨不够，还动手动脚。老王老婆又不是那种人，很快便干不下去了。后来又托亲戚找了个活儿，高层公寓开电梯，早出晚归，一百来块，加上老王的三百来块，两口子开不到五百，养活个上小学的孩子，紧巴巴的，时不时得去两头老的那边蹭。

可是蹭能蹭多少？省能省多少？两头老的又都不是有的。得想办法挣钱才行！两口子思量来思量去，一致认为，已经到了必须干点什么的时候。

可是具体做什么呢？

跳槽需要专长，对缝需要门路，包柜台需要资金，而开公司既需要专长又需要门路和资金。这些条件老王都不具备，只能老老实实在擦车烤羊肉串——摆地摊里挑选就是了。

但选来选去选了半天，都让老王一一否定了。

老王老婆火了："你到底想干什么？当国家主席还是当市长？"

老王这才亮出心里话：

"买辆摩托吧，业余时间载客，本钱小来钱快，挣一个是一个。"

老王老婆望着老王，一时不知说什么好。

买摩托车的念头老王几年前就有了。那时候还没有载客这行当。看到别人骑着摩托兜风，从小爱玩自行车的老王真是羡慕死了。有一回，他喝了点酒，壮着胆子跟老婆透了点风，说想买辆摩托，当即招来老婆一顿臭骂，劈雷闪电般给镇回去了。那时家里刚刚有了点积蓄，后来搬新房子，添置家什，正好用上了。老婆想起买车的事，就又把他骂了一顿，并且自夸治家有方。

现在老婆听老王又提起买摩托，不由一阵酸楚。她激动地想，若有一天家里有钱了，一定买辆挺好挺贵的摩托送给老王玩。就是玩，不干别的。老王老婆激动的时候会产生好多讨好老王的想法，但过后很快忘得无影无踪。

老王见老婆默不作声，便沉不住了，提醒她注意，邻居老孙和小李子摩托车载客，不都挺来钱的吗？小李子的老婆还买了全套的金首饰呢！

老王老婆说："咱不能跟小李子比，他爸爸在加油站干，油钱省多少？"

老王眼睛一亮，细细给老婆算开了账。算的结果是，刨去了油钱、养路费……甚至罚款，还是大有赚头的。就是吃点苦呗！

老婆说："那好，买车我同意，要钱我没有。"

老王嘿嘿一笑。

"暖瓶里的存折……"

老王老婆差点没一个高蹦到老王头上。

"你彪了没？脑子长虫了你？家里没俩钱怎行？谁家没俩钱应急……"她大发作了一通，最终还是答应拿一千五，其余的叫他向他老爸借。

老王终于拥有一辆摩托车了。花了两千出头。虽然是辆二手货，但机关不错，轮胎磨损也不大，老王十分满意。从此，他便干上了摩托载客。每天上班之前，下班之后，他都出车。休息日出全天。一个月下来，赚了三百多块。老王高兴，老婆高兴，孩子这个小人精，通大人心事，也跟着高兴。老王的爸爸，已经退休的老老王宽下了心，连说借给儿子的钱不急着还。老王却说，这不过刚开个头，没经验，以后只多不少。

老王用油得自己买，他不能像邻居小李子开着车溜客，一般都去汽车站等客。汽车站总停有许多摩托。有的还突突响着，表示随时可以动身。每有一辆公共汽车开来，众多摩托便一拥而上。因为堵了乘客的路，常招来恶毒的咒骂。这天晚上，老王又来到车站。他左拐右转，找个缝隙停下。

有个相识发现了，跟他打招呼："今天怎么样？"

老王笑呵呵回答："刚出来，一趟不趟。"

"哥儿们还行，哥儿们……"他还要吹，碰巧来了个客，便喜滋滋地载着走了。

老王把车往前提提，灭了火，跨在车上边两眼左右搜寻，以期不声不响地把客"吸"过来。这是他抢客的招法，既有效又不得罪人。

很快有个客的目光跟他接上。那人越过两辆摩托，迅速朝他走来。老王相信自己的判断没错，便一下子端着了火。

客来到他跟前，却没上车。他问老王：

"双台子敢不敢去？"

双台子在郊区，要走一条没有路灯的公路。

"给钱就敢。"老王随口回答，不由地端量了端量来人：一个瘦瘦的二十几岁的小伙子，中等个儿，穿牛仔套装，蹬双黑色运动鞋。人站得笔直沉稳，又显得轻飘飘的。

小伙子一咧嘴，露出两颗虎牙，说："我看一眼，就知道你朋友是个有胆的。"

"你看这样好不好？"他继续说，"现在是八点……你不用看表，错不了……我出一大张，包到九点，最晚不超过九点半，双台子一个来回，你看好不好？"

　　一大张就是一百元呀，这等好事可不多见。老王看看小伙子，像是在问，你说错了没有？

　　小伙子平静地回望老王。

　　老王掉开目光。

　　小伙子通情达理地说："考虑考虑吧，觉得合适就干，不合适就算。"

　　老王转过来。小伙子掏出三五烟，触触老王的胳膊。

　　老王致谢："刚掐，刚掐。"

　　小伙子把烟塞回烟盒，一咧嘴："我一般不抽烟。"

　　咧嘴是小伙子说话之前的习惯动作，像笑，但不是笑。

　　老王终于下了决心。

　　"行，先把钱交了。"他说。

　　小伙子立即变戏法似的递上一张百元大票。

　　老王借着路灯照照，很不好意思地装进了衣兜。

　　摩托车很快驶出了市区，在还算明亮的月光下，有节制地奔驰着。

　　约莫跑了一半的路程，小伙子叫停。

　　"吃点东西。"他说。

　　摩托车停在路旁的一个小卖铺前。

　　小卖铺是一户农户。临路的山墙开了个橱窗，象征性地摆了点烟酒糖果。窗顶上，红油写了四个大字：小康商店。小伙子要了一听啤酒，一听饮料，一个罐头，两根肠，坐在路边的石头上吃。小铺的主人送出来两个马扎子。他是个脑门子锃亮的那种秃子，腿还有点瘸。

"赶路呀？"他赔着笑，磨蹭着不走开。

小伙子朝他挥挥手："谢了。"

他大概想唠点什么，见小伙子不太热情，朝老王干笑笑，一瘸一拐地回去了。

老王已吃过饭，但客气不过小伙子，只好喝那饮料。

小伙子捏着那听啤酒说："我喝不多酒，半听就足了。"

老王稀罕地说："不喝酒不抽烟，像你这样的年轻人可不多见啊！"

小伙子"啪"地给自己一个嘴巴，就手从脸上捏下只死蚊子，弹到地上。

"酒量大小是天生的，"他说，"有些人，像我吧，怎么练也不行。天天出入宾馆酒楼，跳舞唱歌搓麻泡妞都不在话下，就喝酒不行。"

"那些妞儿呀……"小伙子嗓音变细，女人般嗲声嗲气起来，"'干了这一杯么'。"他低下去头，左右摇晃，"惭愧，惭愧，我为自己感到惭愧……"

老王放下饮料，陪着干笑了两声。

小伙子突然抬起头，脸红红的，问：

"朋友，你的车一脚着吧？"

"基本上，"老王不明白他的用意，疑问道，"怎么？"

小伙子没回答，塞进嘴一块罐头，反手把筷子扔进路边的草里，站起来，一脚把那半听啤酒踢飞。

"走人！"

双台子就在前边不远了。

摩托车在公路上跑了一段后，岔上了一条窄窄的泥道。

"停！"小伙子在后面说。他要在这里等个人。

这一段泥道紧贴着一个小花园，花园前面是一座新建的歌舞酒楼，而酒楼门前的公路就是他们原先跑的公路。花园是属于酒楼的。很显然，他们绕到了酒楼的后面。

泥道的另一边，是一块一块连成一大片的菜地。几户相隔较远的灯光点缀其中。小伙子和老王面对面坐在草地上。月亮比刚才更加明亮了。

小伙子指着酒楼说："转移到农村来了，僻静，安全，一切为顾客着想，玩起来百病不犯。"

老王当然知道他在说什么："那些姑娘可也真想得开呀！"

小伙子双手一摊："当然了，吃了，拿了，又舒服了。我要是个女的我也干！"

老王忍不住似的一笑："才几年工夫，变化这么大！从汗毛到内脏全变了。都是让钱闹的呀！"

"说得太好了，朋友！"小伙子一只手攥成拳头朝另一只手张开的手掌上砸了好几下，说，"近些日子我可让它给闹惨了。简直开玩笑，已经很久没潇潇洒洒了。自从那次一夜输了两万块，一直灰溜溜的。"他朝酒楼方向仔细望了望，"唉，一看见这种地方，我浑身上下都痒。但兜里票子少，没脸去丢人。"他对着空中连拍了几下巴掌，一只蚊子飘飘悠悠地逃脱了。

老王低声说："秋后的蚊子不咬人，嘴都开花了。"

小伙子却没听懂似的，两眼直愣愣望着老王。过了一会儿，似乎窘得受不住了，猛开口问：

"朋友，你到底知不知道我是干什么的？"

老王在嗓子里"啊"了声。

小伙子麻利地掏出一只手枪，玩具似的拿在手上。

"认识这吧？连发麻醉枪，打谁谁躺下。然后尽管放心拿就是了。"

老王呆了，他再能猜，也猜不到眼前的这情景。

小伙子拍拍老王的膝盖："别见外，我这人就是心直口快。"

老王说不出话。

"等会儿来了目标……"小伙子扭头望了望花园，"办完事，咱们就回去。"

就像老王是他的同谋搭档一样。

其实老王早已经火冒三丈了，想怒斥他说这是犯法，自己坚决不干。但他的舌头却不听使唤。拖了一段时间，还是没能鼓起勇气。单看他的块头，一屁股能把小伙子坐扁了。

小道和花园静悄悄的。只听见小伙子的讲话和蛐蛐此起彼伏的叫声。他们坐的地方被杂草遮挡。从酒楼很难发现。酒楼更是无声地坐落在那儿，像不存在。

　　小伙子说："你放心，来这里的都有钱。不过，玩支票的公仆不能算数，那他妈都是些花脸。咱要找就找款，全身划拉划拉，万八千不成问题。"

　　小伙子的这种朋友间唠嗑的语气，有一时竟使老王忘掉了害怕，准备规劝他几句，劝他改邪归正，别再干这犯法的事。可没等他开口，小伙子先说话了：

　　"朋友，你不是那种小胆，摩托载客可惜了。人才浪费。干脆，咱们俩合作……"

　　老王慌忙拒绝：

　　"不！不！我……有家，有单位。"

　　小伙子也不强求：

　　"贵姓？"

　　"免贵姓王，你……贵姓？"

　　"我也姓王，小王，叫我小王好了。"

　　"小王。"

　　"老王。你是哪个单位的？"

　　"破……破单位。"

　　"怎样？"

　　"二三百块呗。"

　　"啊——哈——"小王拖着长音叫起来，赶快望望花园，把声调压了下去。"太少了！太少了！你不觉得太少了吗？"

　　"是不多。"

　　"结结实实耗一个月，就给三百块，哼哈，哈哈哈，简直不能想。要知道，花钱如流水惯了，想回头过你这样的生活，唉唷唷……要了命也不行。真的！老王，还不如要了我的命。"

　　小王枪仍拿在手上。他望望花园，望望四周，又较长时间望望花园，最后回到老王脸上，说：

　　"你肯定不能知道小S了。一个要人命的小姐儿。我跟她玩过一次，就在这里，"他指指，"不是酒楼，是花园。她玩得野。她带我出来，我们靠在一棵树上玩。这是她的风格。她的名气就是这么一点一点大起来的。"

　　老王呆呆地听着。

　　"今晚，北面有个款来玩她。专程来的。不信你到酒楼正门看看，肯定能看到一辆大凯迪拉克。就看我走不走运了。一个戒指不值个三五万，也值个万八千，"他掏出一块小香皂，朝老王举举，然后小心翼翼地装进了衣兜，"不耽搁时间，吐口唾沫就行了。"

　　老王傻乎乎地看着小王。

　　小王说："你呢？你不会也玩过她吧？"

　　"怎么可能呢！"

　　"料你也玩不起。你玩那些下岗大嫂行，便宜。也还别说，大嫂里头也真有好的……"

　　小王继续滔滔不绝。

　　"你车牌号的尾数4，不吉利。两个4是吉数，一个

4 是凶数。得换一个。说什么也得换一个。可不能小瞧这些数目字，它关系到前途命运，厉害着哪！"

老王回了一下头。摩托车停在他身后，像条胆小而又忠实的草狗，不上前却也不后退。

小王说："朋友，车钥匙给我拿着吧。不是信不过，以防万一么。"

老王起了两下才站起身，去锁了车，并按小王的吩咐把车头掉过来，冲着回返的方向。他回到原先的地方坐好，把车钥匙交给小王。

"不用太长时间，"小王说，"十点之前他们不出来，咱们就回去。再待下去我就没胆了。"

老王道："说好九点半……"

"啊，"小王才想起来似的，"那再给你加半张，"他把枪换了一下手，从兜里掏出一只丝袜，示意老王，"套头的。"

老王："我不是为了钱……"

小王掂了掂手枪："一颗子弹二百，打两颗就顶你一个月工资了。"说罢又朝花园望了望。

从这时起，小王不开口了。或许讲累了，或许失去了热情，他开始沉默不语起来。

小王夸夸其谈时老王紧张，现在一言不发了，老王更紧张。他垂着头，用余光盯着小王手上的枪。脑子不停地胡乱折腾着。一会儿看见枪口喷火，他提前一闪，躲了过去；一会儿他被子弹打中了胸口，大夫要动手术……直到小王耐不住，轻声哼唱起歌曲，他才略略镇定了一点。

小王哼唱着时下流行的歌，一曲接着一曲，有情有调的。

月亮低低，似乎伸手可得。星星清晰分明，悬在空中就像浮在水里。说真的，除了学校时的郊游和恋爱时的约会，老王已好些年没长时间置身于如此幽静的环境之中了。九点半过了。

十点过了。

老王从兜里掏出那张百元大票，双手送还小王。

"交……交个朋友吧！"

小王很不高兴地回绝了。他说：

"你把我看成什么人了！这张是你的，是车钱。跟这事成不成没关系，"继续哼唱他的歌。

老王不再作声。

小伙子唱道：

　　学着不在意　　学着全忘记

　　冷眼看待各种折磨炎凉地交替

　　想安慰我自己　让幻想再继续

　　却无法听着你　无助的哭泣

　　却无法带上你和我悄然地离去

　　……

　　轻快的旋律渐渐吸引住了老王。他一下子想起来，他的儿子，小人精，这两天就常哼唱它。初听儿子唱，觉得怪诞可笑，现在经小王之口，却十分动听悦耳了。

　　小王突然停止唱歌，长叹一声，站起了身。

　　"十点二十了，没运气，没运气，我一点运气都没有了。"他做了个十分懊恼的表情，把车钥匙扔给了老王。

　　老王愣了。等反应过来，不由地一阵狂喜，爬起来奔向摩托车。此刻他什么也不想了，只要赶快回家，回到老婆身旁。老王老婆虽说已经三十多了，但长得还是蛮年轻漂亮的。对此老王一直引以自豪。不知怎的，这时候他一心想跟老婆干那事，一想到老婆只留条裤衩在床上等他，顿时兴奋得头晕目眩起来。老王暗吃一惊，快四十的人了，怎么还有这么强烈的冲动……小伙子收起麻醉枪，开始翻老王的兜，先拿那一大张，再拿其余的，那是十几块零钱，一分不剩，最后，他拿走了车钥匙。

酒句子

　　壬把司机和保镖，还有女秘书统统留在镇上，他决定一个人翻山越岭回故乡。二十年前，他正是从那里徒步走出来的。

　　从上海往小镇，壬心神不宁，离故乡越近，越觉得高楼大厦钞票美女意义不大。到达小镇，看到山里淌出来的小溪，溪水下的石子，石子间蹦蹦跳跳的小虾，他惊叹这二十年白过了。他像当地农民那样蹲在溪边，低着头，抽了三支烟。他决定独享回乡的美妙、伤感，以及一种可以称得上神圣的庄严。

　　司机和保镖跟了壬多年，说什么不肯让主人一个人走，女秘书虽然新上任，责任心却也毫不含糊，在小镇唯一的一家旅馆最好的一间客房里，她搂着壬，滴了大半宿的泪珠。为了保险起见，她把老板的睡衣睡裤全脱了下来。可是，天蒙蒙亮的时候，女秘书打了一个盹，睁开眼，她的老总已经不见了。

壬甩掉女秘书，直奔上山的小路，单凭着脚力，他很快又甩掉了司机。倒不是他比司机强健多少，他赢在了预先把皮鞋换了旅游鞋。保镖难缠一些。他疾走，保镖也疾走，他慢行，保镖也慢行，但当他猛拐个弯，躲进一个较为隐蔽的山洞，保镖就傻眼了。还是在镇上读中学的时候，他经常来这个山洞玩耍。下雨天就在里面避雨。此时此刻，面对着"一点都没有变"的山洞，他叹息万千，好久没有看到不以飞快速度在变的"事物"了！抚摸着洞壁上潮湿的青苔，他喃喃道出：短暂与永恒。换以前他怎么也不会说出这句话，说出来也一定以一种嘲弄的口吻。

山洞深处有水的滴答声，那不正是生命从不停歇的流逝吗？从他发福的身体里，从洞外保镖年轻的身体里，滴滴答答，无情流出。他从未像此时此刻这样严肃过，出了洞口，俯视山坳里的袅袅炊烟，想到曾被他接到城里享福的父母，他们离世后，骨灰安放在苏州最贵的一座墓园里，可是，这亘古永存的青山绿水，才是二老最好的安息宝地呀。

有个一成不变的家乡等着你回来，可谓人生之大幸。河这边的人家姓王，河那边的人家姓于。姓胡的人家在山的背面，山背面还有个会看病的白胡子老头，曾经给他治过肚子疼。水湾边上的这家呢？没记得有这家呀！看来一点变化没有是不可能的。房子翻新，稻田缩小，衣服鲜艳了许多……就这么不知不觉之中，他已经走了大半天。他感到有些口渴。但被城市娇惯坏了的胃肠已经不允许他再喝溪水了。他朝着这不知姓什么的人家走去。其实，水边上的这户人家，连同它一旁的水湾，从晨曦到中午，一直以一种细微变幻着的美妙色彩诱引着他的目光和脚步，想不来都不行。起初是朦朦胧胧的，后来越来越清晰，现在，终于走到它的大门口了。

透过栅栏，他看到院子里的几个小孩子，往屋里跑，边跑边嚷，"来了！来了！"他们的腿可真短呀，趔了趔了的滑稽得很。有两个傍在门框旁向他这边张望，并时不时回头朝着屋里头汇报情况。还有几个直接跳进了池塘里，露一下头，又齐刷刷地没到水下面去。壬笑了，曾几何时，他不也是个没见过世面的乡下孩子吗？十七岁那年，上高中了，他才第一次走出大山到达小镇。在小镇，橱窗上一张印刷精美的外滩图片令他目瞪口呆，神思恍惚。他的第一次精神危机就此产生。好在他很快把它解决了，第二学期没结束，他便毅然离开学校，奔向高楼大厦的上海。城市的日子在打工和做梦中一天天度过。一次，他下班后闲逛，偶遇一个做外贸生意的老板呵斥一个为他送货的甲鱼贩子，说甲鱼贩子用养殖的甲鱼冒充野生的甲鱼。愤怒的老板抄起一把剪子咔嚓把一个野生甲鱼的脖子剪断，又把一个养殖甲鱼的脖子剪断。野生的流出来的是墨绿色的血，养殖的杂着难看的红色。甲鱼贩子哑口无言。老板怒斥如果不是找不到新货源绝对不会再要他的货。壬回到宿舍一夜未睡，他失眠了。自从看到那张黄浦江的图片，他经常失眠。终于熬到月底，他谎说老母病重，跟老板算清了工钱，离开了上海。半个月后他重新回来，找到那个收甲鱼的老板，把一兜子甲鱼往他面前一倒，掏出早准备好的剪刀，咔嚓，剪断了其中一个的脖子。墨绿色的汁液流了一手。他得到了比他打工半年还要多的钞票。

壬老板雇了两个哑巴捕甲鱼。他们是双胞胎，壬老板少年时的伙伴，大山里的每一个水湾，哥儿俩都打过滚。壬老板又雇了一个瞎子，负责把甲鱼从家乡运往上海。那可真是个神奇的瞎子啊！夜行一千，日行八百，原本靠讨饭为生，壬刚来上海的时候，正是这个瞎子把他领到一个需要小工的工地（当然了，瞎子毫不客气地预先收下了他两块钱）。壬本人则坐镇上海（中间商早被他巧妙地甩掉了），直接跟喜欢食补的日本人韩国人做买卖。终于有这么一天，瞎子领着两个哑巴在一家证券公司专为大户准备的办公室里找到了他们的老板。瞎子的手里还拎着一个小小的口袋。哑巴比画着，这是最后的九只了，没有了，再也没有了。哑巴的报告跟他的手势一样，不免有些夸张。壬老板哈哈大笑。这个坏消息对于已经介入股票生意的壬老板来说显然已经是无足轻重了。他嘱咐瞎子，领着哑巴兄弟在上海好好转转，玩够了再送他们回去，顺便把这九只甲鱼带回，放生。

壬老总的生意越做越大。股票期货房地产，什么热他搞什么；官场黑道媒体，谁有用他结交谁。蝉联了两届杰青，帽子戏法了三年劳模。不过意气风发中有美中不足，老总的颈椎不知从何时起开始隐隐作痛，并有愈演愈烈之势。时间长了，吃什么都不爽，喝什么都无味。看见美女也心烦。牵引了，推拿了均无效。西医更是无从下药，因为根本就不知道他是什么病，拍片子也拍不出来。某一天，他刚刚挤垮一个竞争对手，正思索怎样置对方于死地的时候，他突然想到了他的家乡。一股久违了的无限柔软的热流从心底里涌起。脖子也不那么难受了。

"请！"主人说。一桌酒席摆在正屋的当中偏左，一桌茶席摆在偏右。

壬知道，山里面不乏有来历的人家，当初逃灾避难了什么的，把一些讲究做派带到了山里，并世代相传。好客的主人是一位驼背老者，小眼睛，满面皱褶，言谈举止透着一股愁容和哀伤。老人家姓乌，酿的酒自称乌家造，尝一口就知道了，它具有其他好酒的所有优点，还具有其他所有好酒不具有的优点。不觉乎，壬自己就喝掉了两坛。壬是个善饮兼豪饮之人，夸张一点说，他的辉煌事业有一半得益于此。许多对他有帮助的朋友，特别是政府官员，都是在酒桌上对他顿生敬意后才慢慢结交下来的。小孩子们被统统赶到门外老远。两个炒菜搬桌子的大孩子也自动地退到了外屋。他们或许是成年人了，甚至可能比壬年纪还大，但脸面光滑，动作麻利，实在难以判断他们的实际年纪，所以根本说不清这到底是俩孙子呢还是俩儿子。

乌老人家亲自给他斟酒。墙边上摆着一溜大大小小的酒坛子，从正屋一直到外屋。有的是他们喝完了的，更多的是没有启开的。老人家也是个善饮者。善饮者大多都善谈。但乌老爷子不是这样。他只是喝酒，大口大口地喝酒。开第六坛乌家造的时候，壬再也忍不住了，他问道："这么好喝的酒，您怎么酿的呀？"

"诗。"乌老人家说。

"湿？"壬有些糊涂，"怎么湿？"

这表明两人都已经微微有些醉意了，不然一个不会这么说，另一个也不会这么问。

民间有用少女的身体为玉出灰的说法。有钱的玩玉人淘得一块古玉，或用水煮，或用布擦，而最好的方法是让一位十二三岁的美貌少女贴肉戴在胸前，随着乳房的发育成熟，那块玉最终将达到一种极致的通透。壬听后不以为然，一笑了之。但对乌老人家的故事他却深信不疑。乌家的祖上，两千多年前的祖上，捕鱼时拾到一捆竹简。祖上不识字，不知道那是孔夫子编的诗经，就当柴火煮米做酒用了。酿出来的酒格外好喝。聪明的乌家祖先于是就不再用剩下的竹简烧火，而是往酒里蘸一蘸。再后来有纸印的唐诗三百首，李白的，王维的，往酒上影一影，也好用。读上一读，效果更佳。乌老人家遗憾地说：

"新诗不行，孩子们在河上捡了个大塑料袋，里面有本什么当代诗集。外皮挺好看，酿酒却不行，一念，酒就馊了。"只好扔大粪池里沤粪了。

　　壬哈哈大笑，心想幸亏他没出诗集。不然还不也得扔大粪里。曾有一次，还就真的有一位诗人找上门要给壬出一本诗集。壬根本就没写过诗呀。可口若悬河的诗人似乎并不计较。壬最后听明白了，诗人要出一套诗集，他的只是其中一本。拉赞助来了。壬实在想不出一本诗集能给他带来什么好处，又觉得那诗人的做法简直是对他经济脑瓜的污辱，就按铃叫来保安把他架出去扔大街上了。外面正下着大雨，诗人摔了一身泥。壬以忏悔的态度把这件事说给乌老人家听，乌老人家没有说什么，绿豆小眼睛目视前方，一眨不眨。

　　千万不要以为这两位是在谈诗。一个乡野村夫，一个势利之徒，他们不谈诗。他们谈酒。在饮酒。先喝掉的不算，接下来是说到谁就品谁。一一品尝。壬感叹乌老人家绝对没有虚言。难怪李白那么好酒又好诗呢！原来酒和诗之间有着这般隐秘而又切实的联系呀。或者干脆在本质上就是一体的。有道是秀色可餐。漂亮的男女可以当大餐吃，可以像吃大餐那样吃。漂亮的句子也一样，可以当美酒饮，可以像饮美酒那样饮。酒句子。它们本身就是酒，酒酿诗，诗酿酒。好酒和好诗一样，都有可供灵儿魂儿自由穿行的空隙。上一个字跟下一个字之间，上一个句子跟下一个句子之间，这一口跟下一口之间，这一坛跟下一坛之间，醉人的秘密在此。但他两位关注的是酒。酒以外的，别说诗了，就是近在咫尺桌子上的菜，两人都未触及。根本就没动筷子，甚至都没在意那是几盘什么菜。那两个大一些的孩儿过来把酒菜撤走。壬回忆了一下，好像有一盘小虾（看起来有些生），一盘藕片，另两盘是什么却怎么想也想不起来了。他们移到茶桌前坐下，乌老人家拍了拍巴掌，立刻从外屋进来一个汗流浃背的儿子（或孙子）端着一个冒热气的大铜壶进来给他们沏茶，看起来不像是刚出去的那两个中的一个，可谁知道呢，腿都是同样的短，脸都是同样的光滑。

　　夜幕降临。苍穹像酒坛子的内壁，把一切都包在其中。连绵起伏的山岭，是一块被泡大了的奇形怪状的药材。乌老人家的脸也被泡得有些变形，特别是脖子，说不上来的别扭。壬想，此时此刻，自己可能也很难看。

　　可是，谁还在乎这些呢？

　　酒喝得多了，人就爱有冲动，想碰触边缘，想过线。别看你仍然坐在椅子上，其实酒早已把你送到了那边儿上。

　　壬说："天黑了，该开灯了。"

　　乌老人家反问："灯头朝下的灯吗？点不了了。停电。"

　　壬微微一笑，灯头朝下的灯，说得多么他妈的有诗意呀！他兀地起身，朝门外走，穿过院子，来到了水湾的边上。他站下，身体晃荡着，不知是想吐呢，还是想解手。他自己也搞不清楚。

所以最终他什么也没有做。他只是定了定神，然后挪步朝着不远处的一棵老柳树走去。

老柳树下，好些人在围攻一个人。他们大声斥责，拿着个棍子朝他的后脖子上敲打。倒霉蛋被绑着横着吊起来的，嘴上塞着一团水草，脖子伸得老长，正好让他们打。从这群因打人骂人累得满头大汗的短腿凶汉当中，壬认出来两个，正是摆桌子端炒菜的乌老人家那两个孩子。他俩把棒子抡圆了，砰砰作声。就不怕把那人的脖子打断了？壬同情地望着倒霉蛋，发现倒霉蛋也在望着他，目光里同样满是同情，而且多少还有些幸灾乐祸。壬的头皮阵阵发麻。他猛然间想起来那个大雨天被两个保安扔大街上的诗人，他从泥水地上爬起来的时候，也曾经回过头望了壬片刻。壬尽管铁石心肠，却抵挡不住这种失魂落魄的柔弱目光，他当时想，如果他再回来找他，他就答应出诗集。可是人家并没有回头。

壬决定找乌老人家求情。壬敢担保，即使倒霉蛋犯了天大的罪孽，现在他已经知错服罪了。

壬说："饶了他吧，他已经悔改了。"

乌老人家老泪横流，仿佛在自言自语："唉，可怜的孩子们，死得太可怜了。一大家子啊，最惨的时候，只剩下了九条命。"

壬垂下了头，说："给他个机会，谅他再也不敢了。"

乌老爷子说："依孩子们的意思，是要结果了他的，他罪有应得呀。"

壬连忙把手腕上的劳力士表摘下来戴到了乌老爷子的手腕上："那就全倚仗您，拜托！"

乌老人家喃喃道："时间对我们毫无意义，我们曾跟恐龙称兄道弟。"

壬转移话题："老人家，这叫什么茶，香呀！"

"罪呀，罪。人的罪大了！"

"什么？老人家，什么茶？"

"大狼毫。"

乌老人家说完便倒头呼呼睡去。

"大狼毫？"

壬觉得这称呼好熟悉，但没想起来这是一种毛笔的名称，便椅子上一歪，也迷糊过去了。他俩都喝得太多了。

首先是保镖，然后司机，发现了他们的老总倒卧在水湾边上。随后女秘书也追了上来，她拨开他们，抱起壬的脑袋号啕大哭。壬睡醒了，吐出嘴里的几根水草，半天不说一句话。司机递给他一支烟，壬抽完，女秘书又递给他一支。

"回上海！"

上海诗人竖，写过一首《广州赛马场》，本人爱不释手。它让我想起《有关大雁塔》。好诗等于一次次精神解放。

广州赛马场

对面

是上回我上车的地方

我们就下了

记得

那回有广州赛马场

而现在突然不见了

我不敢保证

前面这条灯火辉煌的路

还是不是石牌东

第二天早上

我特意去看了看

广州赛马场

还在那儿

回到故事，它就快结束。一到上海，壬做的第一件事就是解雇掉司机和保镖。接着又以斩草除根的手段了结了那个垮台的竞争对手。与此同时，他招来哑巴兄弟和瞎子军师，密谈一夜。

围捕和屠杀同时进行。已尊为地主的哑巴兄弟岸上督战，雇来的野孩子们手持叉子网兜水湾里来回扑腾。逮到一只就甩到岸上。岸上生着大堆柴火。

　　围观者很多，但哑巴兄弟的人不让他们靠得太近。他们把小鳖一只只拾起，扔进火里。计数的瞎子怕烧着自己，躲得离火堆老远。"二八、二九、三十……"一切顺利，只在抓那只老鳖时略费了点事儿。

　　晚上，哑巴兄弟亲自下水。在夜光劳力士的指示下，手到擒来。他们圆满地完成了主子交给他的任务，捉了活的。可是，瞎子把战利品带到上海，发现老鳖已经咬舌自尽了。左前爪套着劳力士。一抹不易察觉的绿色污迹挂在嘴角。

五洋抓鳖

杨帆竞争副科长失利，我俩才有了闲聊的机会，有一次，聊到他即将辞职的事儿。

"死水湾待了三四年，沤臭了。得出去清凉清凉。"

我一向鄙视那些削了脑瓜尖往上爬的家伙，可对眼前这位同事，却已重新予以评估：他绝非一般意义上的名利之徒，而是注定要建功立业的风云人物。这种人无论在体制外还是体制内，都不会甘于平庸。前一段时间，我见他争抢着擦厕所拖走廊，还好大瞧不起这个"马屁精"来呢。

杨帆把双脚从办公桌上挪下，端着茶杯起了身。

"快瞅瞅喂，机会，在门外，满地窜，撞得人腿疼。"

为躲避他晃出来的茶水，我绕到了桌子的另一头："继续谈！"

"空谈误国，明儿辞职，三年后见。"

三年后的一个下午，我俩相见在杨帆下榻的富丽华酒店顶层旋转餐厅。

　　我敬佩重诺守信之人。

　　他却回答："要不是突遇龙卷风，舰队被毁，我会在马来群岛继续当海盗头子，猴年马月才能回来呢。"

　　"我只知道你去了俄罗斯。"

　　"单位辞职办公司没有多久，我把公司兑出，去了莫斯科，然后到彼得堡，彼得堡出了事逃到察里津，在察里津认识了安娜，我们相爱结婚。安娜是我第一个妻子。"

　　"第一个？"

　　"我有两个妻子，阴差阳错，这个等会儿再聊。我是奔着一个巨大目标去彼得堡的，我想给国家弄回一艘航母，你还不了解我吗？胸膛里始终激荡着一股不可救药的爱国主义。国内我做过拆船，从日本买来两艘报废的油轮，抢滩拆了卖废铁。我的第一桶金来自于此。距山中村海岸大约六百米水域，沉着一只百余吨的大摆，给你了，捞去吧，回头我把具体经纬度发给你。"

　　"我捞不动。航母好弄吗？"

　　"原以为趁着他们军费吃紧，弄他个一艘半艘，问题应该不大。可实际还真不是那么回事儿。他们好不容易才吐口，答应把一艘基辅级航母当废铁给我。那是一艘编外航母，出厂时就是坏的，胎里的毛病，修不好，没服过役，开价却比普通废船高了三倍。单是筹措资金就用去了一年多时间。这一年多，我拼命做边贸生意，耗尽了体力心血，终还差那么几十万美金，我想，可不可以给他们首长送点礼，省下这几十万。本想凭着咱在国内积累的先进经验，不算什么大问题。可是栽在这上头了。送礼竟然送到了一个新克格勃的手上，我却一直蒙在鼓里，没收了我的全部资金不算，还要以间谍罪逮捕我。

"让国家背黑锅，我能干吗？它在这件事儿上是无辜的，寻个机会，我就遛了。我一路逃到了察里津，甩掉尾巴，用沿街乞讨来的硬币，给国内杨丽丽打了个电话，杨丽丽是个值得信赖的好姑娘，迅速打来三千美金。我国内开公司的资金就是杨丽丽帮忙贷的，她跟建行王行长是朋友。王行长可不是那种小心眼儿男人，我们一块儿喝过酒，一人一瓶半茅台，外加十瓶啤酒，不是杨丽丽拦着，王行长还要再开一瓶。有了这救命钱，我租房子，洗澡，换了新衣服，关键是重拾了信心。一个多月的东躲西藏，你体会不到那个滋味，一挨床就昏了过去。不知道睡了几天几夜，两天两夜应该有，醒来后我打开电视，看了一下日期，那一天算我新生命的开始。

"房东的孙女给我送来了早餐，我跟你说，你根本没可能见过这么漂亮的女孩子，我一眼就爱上了，懂吧？不像懂的样子，别看你已经结婚了，可并不一定经历过爱情，从你一贯的疲惫神情看，你没经历过。生气了？"

"没。"

"哥儿们你一点没变。我叫杨帆，你叫什么？她告诉我她叫安娜。请等一下，我拿出随身携带的中俄日常用语小词典，奇怪了，我虽然并不确定我要问她什么，可也不应该总是翻到诸如'请你晚上来一趟！''晚上来我房间好吗？''晚上你能来我房间吗？'这是什么字典？"

"晚上她来了吗？"

"三年你没有一点进步，早跟你说，不能总在那个破地方待着，那地方毁人。爱情就是这样，我爱上她的同时，她也爱上了我，照她的说法，她先我零点零一秒。安娜十九岁，辍学在家照顾年迈的祖父。祖父是个退休警察，身患多种疾病，脑神经也不太正常，成天嚷嚷着要去逮捕党的敌人，在他能动的时候，家里的椅子板凳之类的小物件，常常被他铐在大门的铜把手上。有一次病重卧床，他把自己铐在床头，审问了半天，才宣布无罪释放。我们初见时，正赶上他犯病，大喊抓契丹间谍，我差点儿没跳窗跑了。老头的退休金养家不够，祖孙俩把最好的卧室腾出来出租，他们自己则搬到了地下室。唉，要不是这个地下室，秘密地窖，哪会有后来的那么多事儿？我和安娜还不知过上了怎样的幸福日子呢，我们可以生一大群混血小孩，即聪明又漂亮……唉，都怪我，放不下雄心壮志，而秘密地窖成全了我。"

"秘密地窖？"

"安娜的祖父突然中风不治。祖父死后，我们决定把房屋简单装修收拾一下。那是一所沙皇时期的房子，好多地方都已破败不堪。整理地下室，我无意中碰到了机关，轰隆隆整堵墙打开，露出一个暗道。原来这是一座藏有上千瓶名酒的酒窖，威士忌白兰地干邑应有尽有，均是上品。估计房屋的原主人是个贵族，一个古怪的酒类收藏家，网罗世界各地的名酒于此，时逢革命，逃跑或者被布尔什维克枪毙了。安娜懂酒，她大喊着，'我们发财了！'我纠正她，'你发财了。'她生气了，责问我难道不爱她了吗？不娶她了吗？'这都是我的嫁妆啊，我要帮你买大船，圆中国梦。嫁了你，我也是中国人，我也有一颗中国心，扑通扑通，你摸摸。'我虽口称买船的钱我会慢慢自己赚，但还是被她感动得只能紧紧地拥抱着她，她则用一连串的热吻堵住我的嘴，省得再说出来让她心碎的话。我们拥抱的时候，不小心碰碎了一瓶一七五〇年安特里姆产威士忌，地下室顿时芳香弥漫，谁料这两百年的老酒竟有美妙的催情作用，我们在浓郁的芬芳中做爱了，无限之美好，那是迄今为止我最美好的一次做爱。以后为了追寻这效果，我也曾摔碎过两瓶法拉宾干邑，效果还是差了点儿。

"我曾问过安娜，她究竟爱我什么？她回答说，'黄，你太黄了。'我再黄也不可能黄过你们俄罗斯人民吧？再说，我们国家扫黄扫得那么厉害，还能有多黄？她说，'不，你黄，你们东方人都黄，俄罗斯男人太白了。'

"我们用拍卖酒的钱，买了一艘十万吨的集装箱货船。但凡懂一点点酒的人，都不会觉得这笔买卖对我划算。苏富比派来一位七十多岁的老品酒师，相当傲慢，我打开一瓶一七六五年格兰菲迪，倒上半杯，摇了摇，泼了地上，再倒满，递给他，老头开始战战兢兢，他用舌头尖舔了一下，闭上眼睛，说，'我可以去见上帝了。'你想想。

"我站在'帆娜号'的后甲板上，拥着美丽热情的俄罗斯美人，望着渐渐退后的彼得堡，思绪万千。海上航行了一天一夜，我已经完全被大海的魅力所深深折服。在此之前，我从未这样真正意义上乘过船。我曾经在海南岛的'天涯''海角'拍过照片，这次回家来第一件事，就是翻找出来通通撕掉，太可笑了，大海是起点，怎么是尽头，'天涯海角'像长城的砖头一样，闭塞了我们的胸襟，其实不难，只不过是观念的一转，我的耳畔回响着库克船长的肺腑之言，'大海是男人的灵魂和心脏'，对我则是豪言壮语，虽说大航海的时代过去了，可我张帆要成为世界上最成功的船王。不可以吗？"

"可以。"

"轮船穿过苏伊士运河，经过印度洋，进入了南中国海。船长伊万告诫我，这是海盗出没区域，夜间应该提高航速。我因为要欣赏热带夜空上的繁星，没有同意。真被伊万说中，第二天凌晨，我们遭到了袭击。两艘配有大炮的海盗船截住了我们。我问伊万船长怎么办？伊万船长说，一是冒着被炮火击沉的危险冲过去，一是投降，让他们把现金细软拿走，换来人员货物船只的安全。他建议我选择后者。

"海盗们飞爬上船。我们全体集合甲板，迎接贵宾般列成一行。海盗头头是个年轻姑娘，她用冲锋枪挨个戳戳我们的肚子。安娜搂着我的胳膊紧紧跟我站在一起。船长伊万用英语跟她交流，表示愿意拿出两万美金现钞买路。那可以说是船上全部资金了。海盗们嫌少，开始往他们的船上卸货。他们用消防斧劈开货物箱，哗啦，一堆炮弹滚了出来，几乎同时，船长伊万一声号令，船员突然亮出了家伙，长短枪都有，显然，这帮人远胜海盗一筹，几声'乌拉'，就把船上的海盗消灭光了。他们又从集装箱中取出导弹架，我以为是钻井设备呢，嗖嗖，击沉了逃离而去的两艘海盗船。

"原来船长和船员都是俄罗斯黑手党，利用我的船走私军火。短短几分钟里，我受到的震惊一个比一个大，而最令我难以接受的，战斗中，我亲爱的妻子安娜被手榴弹炸到海里去了。我悲痛欲绝，请求黑手党给我一枪算了。黑手党船长说留着我有用。

"我由船东变成了用人，去厨房当下手，忍受着大厨二厨的呵斥辱骂，特别是二厨，态度尤其恶劣，因为之前我曾经训斥过他，让他做盘红烧茄子，他忘了放茄子和糖。

"这天我被罚不准吃饭，并要蹲着擦洗厨房的地板，晚上，噩梦几番把我惊醒，再次睡去，船长伊万拿着刀子出现了，他狞笑着，一步步逼近，向我扑来，我头一歪，躲过了刀尖。我一只手抓住他的手腕，一只手推揉他的胸脯。我惊讶的是，尽管我身体虚弱，最终还是把北极熊制服了。我夺过刀子，反身骑到上面，准备一刀结果了他。正当我瞪圆双眼，高举刀子，伊万狰狞的面孔，突然变成了一个美丽姑娘的芳容，只不过皮肤稍微有点黑。

"海盗头子毫无惧色地望着我，用英语催促，'杀了我，快！'见我犹豫不决，她又说，'你不能把我交出去，因为你是我丈夫。'我一头雾水。她解释道，'根据我们陶苏古族人的习俗，我已经是你的人了，因为你刚才摸了我的乳房。俗语云，'上面被动了，下面一块儿给他'说罢害羞状眯缝了眼睛。

"我这才发现，她的上衣已在搏斗中扯破了。她交叉双臂在胸前，愤愤地说，'同时你又是我的敌人，你杀死了我的弟兄们。所以我不可能与你同房，只能受死。'我向她解释了我不是敌人，也不是她的丈夫。我的妻子刚在战斗中死去。

"'就是站在你身边的那个白鬼佬？长得还可以吧。'她边说边给我擦眼泪。

"她讲解了她是如何爬到船外的锚链上，躲过了黑手党的搜索，然后潜入厨房，在晚饭里下了毒。海盗随身所带的毒，是从热带毒蛙背提取的毒液调配而成，人吃了无解。我的房间没有锁，她就摸进来，想看看毒效如何。讲到这里，她突然朝我胃部猛击一拳，打得我哇哇直吐酸水。我趴在地上告饶，别打了，我不给吃晚饭，早饭和中午饭也没给吃，连口汤都没给喝。

"我俩套了个救生圈跳进了大海，游到了一个小岛上，回头眼看着我那艘没有活人驾驶的大船，撞上了暗礁，沉没了。法蒂玛，她叫法蒂玛。法蒂玛找来几块木板，一根削尖了的木棍，用最原始的方式点了一堆篝火。她说，'把衣服脱了烤烤，不然会得病的。快点，你们中国人怎么假惺惺的？我先脱给你看，反正都是两口子了。'

"我们烤干了衣服，发现海上有几只小船箭一样朝着我们驶来。我捡起两块鹅卵石，准备战斗，'爸爸'，原来是法蒂玛的爸爸，老海盗头子，迎接我们来了。他根本不相信他的女儿会死，发动全体海盗，一定要找到法蒂玛。

"回到大本营不久，我和法蒂玛举行了盛大的婚礼，我们也算患难之中动了真情。世界各大海盗组织都派来了代表。好望角的，牙买加的，孟加拉湾的。意大利黑手党、美国黑手党、日本山口组等，还有台湾竹联帮以及一个大陆的什么组织，不方便当面祝贺的，也都纷纷发来了贺电。海盗中有个叫帕奎奥的，喝得醉醺醺的，跳出来要跟我拼刀子。他暗恋法蒂玛已久，法蒂玛根本不睬他。我的岳父喊住帕奎奥，让他把刀子扔掉，然后把我叫到跟前，问我怕不怕跟他摔一跤。'怕，'我回答岳父说，'怕他的脏手把我的白礼服弄脏了。'我怎么能怕呢？摔跤我是家传啊，祖上善扑营头等扑户，还是东营的，实战功夫跤，沾衣即跌。

"于是当着众好汉的面，我干净利落摔他倒地三次。老岳父很满意，各赏了我俩一人一碗酒。并宣布把海盗组织一分而二，二队归帕奎奥，一队归我和法蒂玛，他老人家则从此隐退。岳父之所以对帕奎奥这么好，是因为当年帕奎奥的父亲，岳父的好朋友，在一次战斗中伤势过重，临死前托付岳父照顾好儿子。本来整个舰队包括法蒂玛，都准备给帕奎奥的。

"我对海盗一队进行了一系列大刀阔斧般的改革，成效显著，同比环比双增，人员的损失也降低到历史最低。二队中有一些人不满帕奎奥，纷纷离开，加入了我们一队。

"我是怎么改革的呢？最初我想把海盗彻底洗白，改行做运输得了，但遭到老少妇孺的全体反对，我分析后明白，这帮人做海盗，钱只是其一，更要追求一种快感，那种其他任何工作都不具有的刺激性让他们陶醉，在同伴面前耍耍威风，对俘虏的性命生杀予夺。这可不是说变就变的，没有办法，我只得摸着石头过河，一点点来。我颁布了一队的新队规：不得杀人，除非为了自卫；不得随便剁俘虏的手指头，非剁不可，只能剁小手指等等。

"帕奎奥采用的则是最下三烂招数，经常冒充遇难船只，诱人救助，然后抢劫肆虐。我鄙视这种利用人同情心的卑劣做法。岳父及绝大多数海盗跟我观点一致，他们那些老海盗恪守传统，倡导自然法则：'跑得慢就死得快'。鲨鱼捕猎靠速度、时机。装死骗人那是什么玩意儿？

"新仇旧怨，帕奎奥对我的敌意越来越大，两队的矛盾也日益激化，最终到了不得不决一死战的地步。

"终有一天，这个丧心病狂的家伙暗杀了我岳父，反把罪名安到我头上。岳父海葬后的第七天，这个忘恩负义的小人率领他们全队人马朝我们大本营岛杀来。我列队迎战，在大本营岛外不远处摆开了战场。

"哀兵必胜。我采用东乡在对马海战中的战术，先冒着炮火向敌人逼近，然后一个大 U 形弯回转，用侧弦炮连续不断地轰击，轻松就把二队打垮了。帕奎奥中弹身亡，得到他应有的下场。我们押着俘虏欢呼返航。

"打瞌睡了？马上讲完。返航要到码头了，发生了一起难以置信的奇事，不错，连我都感到难以置信了，一股超级龙卷风突然袭来，整个舰队刹那间樯橹灰飞烟灭，我跟法蒂玛被吸到了风暴眼的中心，不上不下，悬浮着飘移，几天几夜不知道，两天两夜应该有，再落地，你猜到了哪儿？"

"哪儿？"

"付家庄海滩，我到家了。我领着海盗妻子一进家门，迎接我的是老爹的拥抱、老妈的眼泪，还有，这是我的又一个没想到，站在我妈身旁的姑娘，那是安娜。

"安娜被手榴弹炸到海里，身体并没有受伤。她游到一个岛上，几经辗转，经马尼拉到了中国上海，从上海到大连，然后就找到我家，安慰并伺候我爸妈，等着我回来。

她坚信我会回来。"

"啊。"

"今晚我出来的时候，安娜跟法蒂玛在家下五子棋呢。我教会她们下五子棋，这招真好，她俩迷上了五子棋，就不那么黏我了。下一步我要去美国，准备在更大的海里干一番事业，股海，华尔街大铜牛的牛角摘下来一只给你，要不要？你若感兴趣，可以入股，十万人民币起，我们本来不吸收外人，你除外，老朋友了。"

"谢谢，那个……我……"

"股市有风险，不勉强。我去趟卫生间。"

杨帆离席而去。

旋转餐厅的环形大玻璃窗外，灯火闪烁，地上天上，如梦如幻。

会不会根本没有杨帆回来这事儿，完全是我，一个无聊之极的小职员，也非身在富丽华，而是跟老婆吵了架，到一苍蝇馆，喝了一点小酒后的意淫而已呢？

我摸摸口袋，做好了埋单的准备。

三流电影

（一）青年金钱豹

全城的人都在瓜子影院看电影。

一只金钱豹逃出动物园，到了人民路上。

月亮圆圆，低低，缓缓释放着杏黄色的光芒。刚开始的时候，它还真就把它当成一盏普通的路灯了，每走一步都要小心翼翼地收着尖爪，尽可能地让肉垫着地，直到发现这不过是座空城，才轻蔑地啐了自己一口，大摇大摆从墙根的阴影中踱了出来。

"竟然连辆汽车也看不到。"

它模仿军人，踢起了正步。由于关节只能前后打弯，一旦左右甩动，难保平衡，豹子接连跌了好几个跟跄。于是他果断终止了这个轻浮的举动。对一只雄性的青年金钱豹来说，面子作为一种需求，是要排进前三位的。

（二）瓜子影院

最后一名观众进入影院，保安用一把水壶大小的挂锁从里面锁上了大门，投棒球似的，划了几个大圈，把钥匙抛进了五十米开外的垃圾桶里。毋须担心，电影放完，自有锁匠把门打开，锁匠不行还有小偷。

电影院的前厅有四个足球场那么大。清洁工人不断地把瓜子壳扫到这里集中，以免淹没观众。

炒熟的瓜子源源不断地通过管道输送到每一个座位前，可付现金，可划卡，也可以签支票。品种以葵花子为主，他们称它毛嗑、转莲，或者红太阳的马屁精，杂有少量的西瓜子和南瓜子，黄瓜子和香瓜子须提前预订。

嗑瓜子的声响跟电影的声响融洽地混为一体，大面上来讲，像哗哗的潮水，偶尔几阵大珠小珠落玉盘的清脆。

最笨的人（或者说最爱惜自己的人）在用手剥瓜子壳，他们的门牙上，没有那种老水井沿儿似的沟槽。

小孩子们抓一把塞进嘴里，打机关枪一样把壳儿退出来，落在身上半片不算本事。

结巴只能打单发，还经常卡壳。哑巴是无声的。

两位小姐妹，十二三岁吧，隔着爸爸妈妈坐，姐姐把嗑好的瓜子肉抛物线吐给妹妹，妹妹无一遗漏地接住。一个顽皮的男童插了一嘴，他吐出一粒瓜子，小妹妹接住了，感觉不对，呸呸呸，呸了好半天。

没牙的大佬们坐在二楼的包厢里，剥皮的工作由女秘书代劳。大佬们的夫人有的看电影看得入了迷，有的实际上一进来就已经睡着了。其中一位女秘书，若无其事地从裙子底下捏出一粒瓜子肉。

（三）船长夫人

纠正一下，不然无法往下进行，前面"全城的人都在瓜子影院看电影"，并不准确，船长夫人就没有去。她一个人在家，冲浪浴缸里泡了个热水澡，披上粉红色的浴袍，倚着八爪椅，浏览一本有关森林的画册。平常，夫人除了一时兴起参加个什么班学习点什么，美美容，健健身，基本上没有什么正经事可干了。早先她也曾想有一项自己的事业，开过一家中等规模的发型屋。她亲自给它起了个名字，一剪梅。遗憾的是，开业两个月就关门了。一位精通周易的朋友，算出她一生注定了，在钱财方面只能出不能进，而且发型屋名字起得也不吉利。

夫人特别喜欢动物，但不养宠物。她嫌它们缺乏野性。

所以，当一头真正的豹子悄无声息地出现在面前，夫人不但没有丝毫害怕，反而产生了强烈的冲动，要上前抚摸它那身，随着匀长的呼吸而无规律翻滚着的绸缎。

出于礼貌，她强忍住了。

"夫人，但愿没有使您受惊。"豹子说。

"哪里的话，"夫人咽了口唾沫，"欢迎还来不及呢。尊贵的客人，快快请坐。"

"谢谢，蹲着挺好。"豹子说。

夫人起身："我去给您煮咖啡。"

"不必，对那玩意儿，兄弟不感冒。"

夫人有所感悟，她从冰箱冷藏柜里拎出一块牛排，端到金钱豹的面前。

"其实，我，不是有意的。"豹子要解释。

"挺嫩的牛排，您不需要刀叉吧。"夫人说。

"您没有插门……"

"没关系，"夫人说，"懂我的朋友都懂，我洗澡从不插门。请用！"

豹子并没有去动牛排。

"这个，已经吃腻了。如果夫人不介意的话。"豹子指了指茶几上的果盘，上面摆满西瓜、草莓、西红柿，还有南美大香蕉。

看到她略显吃惊，豹子微微一笑，拿起一块西瓜，一舔而净："是的，谁都不相信哥儿们爱吃这些个东西，单看这一点，哥儿们像极了女人或者猴子。"

"您可不像女人，您威风凛凛，十足的男子气概，"夫人有些愤愤不平，"猴子，那算些什么东西。"

"是的，夫人，老子确实是雄性的。"它把一盘子水果一扫而空，仅留下一根香蕉。

"这个给您。"豹子说。

夫人稍显尴尬，不能确定它的真实意图，一时拿不准该做如何反应。

错过了这个契机，她只好又跟它聊了一些别的。虽然虚度了光阴，却也十分愉快。

"那么，您逃出来之后，又是怎么找到我这儿来的？"她问道。

"月亮，夫人，是月亮指引着我到您这儿来的。它圆圆的，肉肉的，像您的胸脯。"

夫人害羞状往上拉了拉睡衣的衣襟，不知什么时候它已经松开了。

"想不到，您还是位诗人。"夫人说。

"我是一位演员，"豹子说，"在动物园，我每周至少参加一次演出。但我跟鹦鹉和哈巴狗不同，我是被迫进入娱乐圈的。我打心眼儿里不喜欢表演。之所以那样做，仅仅为了吃到各种水果。刚才您说我是诗人，大错特错了，我的强项是动作而非语言，而且大量事实证明，大家对从我喉咙吟诵出来的声音，更多感到的是畏惧而非愉悦。"

夫人一下子呆住，因为她回想了起来，她见过它。她曾经在动物园看过它跳火圈。那天它不在状态，被火烧到了蛋蛋。想到它那两个晃来晃去冒着黑烟的蛋蛋，她脸红了。

豹子见夫人神思恍惚，以为她不相信它的话，有些急，就当场做了个双腿直立。这样，它那个曾经被火烧过的部位暴露无遗，还这么近的距离，夫人失态地从沙发上站了起来。她强烈地意识到，自己今天的表现特别没有出息。她有些痛恨自己。

"像西瓜的瓤。"豹子说。它趴了下来，下巴紧贴着地面，眼睛斜向上努力翻着。

夫人赶紧把浴袍的下摆折叠掖进两条大腿之间，夹紧了，重新坐下。

"您，您是如此贴近自然，顺应本性。"夫人说。

"在云南大森林的时候，咱见过好多，"豹子说，"像您一样光屁股穿裙子的妇女。她们三三五五，过独木桥。咱哥儿们躲在树上，通过湖面的反光偷窥她们。有一回，不巧有个小伙子也在树上，我俩同时被对方吓得掉到了地上。吼吼吼吼吼（笑）。还不如说被突然发现的羞耻心吓掉了地上。"

"太逗了，您多大了？"

"按照你们的算法，应该是二十六。"

"奴家虚长你三岁，二十九。"夫人说这话的时候它和她已经来到了卧室，躺到床上了。

他们做了爱，只一次，但时间较长，她相当满意。它那根带刺的阴茎也让她眼界大开。平常做爱的时候，她喜欢闭着眼睛享受，这次时不时要睁开来瞧瞧。

关于做爱，还有一段折磨人的小前奏呢，好在很快化作了双倍的甜蜜。

　　她躺在床上，等着它的进入，但是挺长时间过去了，她没有感受到任何重量强加到她的任何部位上。要知道，面对这头凶猛的野兽，她是做好了充分的思想准备的。她睁开眼睛。

　　"姿势，夫人，小弟坚持采用小弟的姿势。"豹子说。

　　夫人翻身做了调整。这才渐渐地，叫床声高过了瓜子声。或者说瓜子声低了下去。

我们一起当作家

　　我到底是不是块当作家的料？是，大半年过去了，连个短篇也没搞出来。不是，那还整天坐在电脑前，瞅着WPS 2000，一眨眼一眨眼地做什么呢？用过世多年山东家爷爷的话说来就是，"孩儿，你在搂甚么呢？"

　　"爷爷，俺在搂俺自己来。"

　　想到这里，我果断地给明明打了电话，"明明，这是最后的决定，我不当作家了。"

　　明明表现得既疑惑又缺乏耐心，"什么呀？我男朋友今天从北京过来。有事下周再说。忙着呢！"说完她就把电话挂了。

　　我得找她面谈。只有她知道我要当作家，而我现在又不想当了。可刚才听她电话里的意思好像早把这事忘记了，或者根本就没当回子事。什么呀？在这件事情上，她自始至终没有端正态度。大半年前她就这样。大半年前，一个秋风习习的周末夜晚，我一面提裤子一面把脸转到窗外，向着灯光闪烁车流滚滚的街道凝望了好一阵子，"明明，我想当个作家，马上就动笔。我要把咱俩的事写成小说。我要把那些令我既难过又开心的东西写出来。"我身后的明明扑哧笑了。她习惯事后静静地躺上片刻，这会儿已经起来，坐在床沿上，"什么呀？你？当作家？恐怕不行吧？""有什么不行的？""嘻嘻，你坐不住。""明明你能不能严肃点？写作可是件严肃的事。我承认我好动，可写作不是坐不坐得住的问题，而是有没有灵感的问题。"记得当时我的腰带找不着了，说话的时候我一直用手提着裤子。

实践证明，写作不仅仅是灵感的问题，更主要的是如何把灵感变成文字的问题。就拿写明明来说吧，一想到她，我的灵感便势如井喷，但落实到写，就全走样了。我写了好几个不同形式的开头，写我们的初相识，她都说不好，"我们之间没有爱，写不好的。"我说，"你说的那是故事，不是小说。小说可以没有爱，有做爱就行。"我便跳过开头，写了几段做爱的给她看。她说，"这东西谁给你发呀？"我说，"你别管发不发，你就说好不好吧？"她说，"不好，我有那么淫荡吗？"她坐在我的腿上，摸鼠标的右手被握在我的右手里。是我把她抱到电脑前的，要么她不看，人家孩子对我写的东西已经彻底丧失了好奇和耐心。她说，"你怎么把我写成那样呢？我真的有那么淫荡吗？你说话呀，我有那么淫荡吗？说呀！"她把光滑的臀部扭动了扭动。我只好站起身，把她掀趴在电脑桌上。令我稍感欣慰的是，整个过程中，她并没有停止阅读，尽管这需要克服较大的困难。我完事了，她也看完了。她看东西很慢的。可她平躺在床上休息的时候还是说不好。我说，"那可都是我硬挺着时写的呀！"她说，"刺激归刺激，作为小说，不好。"

那我不写了，行吧？

主要问题是，在我的脑子里搅动翻滚的不全是或方言或普通话的语言之声，不全是方方正正汉字队伍的排列组合，更多是些扭曲变幻的画面了图形了，稀奇古怪的跳跃性符号了，无法追踪的声响节奏了什么的，那些特殊的非生理性的抽搐和颤抖更不用谈了，转成文字全部走样。而我又不肯自欺欺人，只能选择不写。

15 路公交车上，一位老头跟一位老太太在干架。刚上车的时候，我并不知道有人在干架。车上很安静，可突然，靠前边坐着的那位老太太慢慢转回头来，朝着她后面隔着一个座位坐着的一个老头骂了一句，"老鸡巴头，你才少教来！说我有娘养没娘教，哼，你没爹没娘。你是从石头缝里蹦出来的。猴子，猴子，猴子！"我说车上大多数人的眼神怎么都有些异样！在我刚上车的时候，有个戴眼镜的大学生模样的家伙朝着我挤眉弄眼，我以为他认错人了，现在我明白过来，原来是要我准备好看热闹呀！两位当事人的年岁都非常大了，没有一百也有九十。他俩为什

么吵？已经听不出起因。干架已经进入白热化的程度，不
再围绕着起始原因纠缠不清。看不知道原因的干架是很难
受的！要是有谁能问一下就好了。但没有人问。也许他们
都知道，只有我，和同我一块上车的一个小女学生不知道。
不过那个小女生对这件事一点也不感兴趣，小嘴好像还嘟
囔了句老呆逼之类的，就用随身听的耳机堵住了耳朵。急
死我了，我又不好意思问，怕叫人说，年轻轻的这么婆婆
妈妈的。其实婆婆妈妈有什么不好的，也是好奇心的一种
么。而好奇心又绝对是天才的一个重要标志。我并非要用
这个来证明我是个天才，我只是想知道这俩老家伙为什么
而干架。我还曾设想借着拉架，问一问他俩究竟为什么吵，
就像经常发生的那样，先是义正词严，"吵什么吵，别吵
了！"然后语重心长，"唉，到底是为什么呢？"干架的
双方至少会有一方，往往是觉得自己冤的一方，会振振有
词地把原因陈述一遍，虽然不免偏见，但终能看出个大概
其来。可我又怕我这一拉，他俩真的不吵了，或是两人突
然风头一转，联手冲我而来。好在这时老头又发话了，"老
逼太太，你不要脸！"他这一骂是在老太太骂他没爹没娘
之后过了好长时间才发出的，好像声音传到他耳朵就需要
这么长的时间。那老太太也是如此，半天没回骂，我以为
她没听见呢。不过这个可能性不大，老头嗓若洪钟，声震
瓦砾，除非她是聋子。要么就是她不稀得和他计较了！或
者反过味来，自个儿觉得惭愧了：两个人都那么大岁数了，

吵个什么劲。正当我有些失望之余，老太太又转回头来，"老鸡巴头，你才不要脸来。你脸皮比鞋底子还厚。猴子，猴子，猴子，猴子！"这回又该老头慢慢消化了。车子轻快地行驶。我猜测着他会如何反击。不过我怎么也没有猜对，老头是这样说的，他说，"看你是个女士，要不，扁死你个老逼太太！"一段时间不吭气之后，老太太的回话更神，她说，"你动一指头试试，等我回家的，打个电话，跟道上的朋友打个招呼，灭你门！"说话间我发现老太太牙都掉光了，一颗也没剩。半天老头回答，"嘿嘿，本老爷的外甥女婿就是黑道的，北京黑道的呢，管着你大连黑道的，哈哈，傻了吧？"

我已经到站，但并不急着下，我想看看他们继续下去能打到什么程度。大不了再坐回来。遗憾的是那老头也到站了。在车门快要关上的时候，老头才猛地想起来似的一个高从座上蹿起，相当麻利地下了车，跟他那反应迟钝的嘴皮子不可同日而语。等我反应过来下车车门已经关上，我高喊司机开门。老头下车后，面朝车窗站在原地半天不动，不知底细的会以为他在送客，哪能想到他在酝酿着骂人。车子开走了。车窗拉开，露出老太太那没牙的灿烂笑容，"老鸡巴头，跑了？算你识相。猴子，拜拜！"车开远了，老太太可能永远不会知道老头回骂了句什么了。我也失去了兴趣，准备走我自己的路。那老头却一下子超到了我的前头，并狠狠地骂了出来，"操你！"虽然失去了目标，仍旧铿锵有力。

多美的两个字组合呀，我喜爱这两个字超过任何两个字。我常常是一边做一边对明明说这两个字，她很受用。我喜欢这两个字。我喜欢明明。她也喜欢我。她也喜欢这两个字。我们都喜欢这两个字。

我们第一次做的时候，双方都非常愉快，这才是最重要的。连着做完了两次之后，我们说话聊天，仍然非常愉快。这就非常难得了，因为不是所有的女人都可以在做完了之后还有话可说的。明明可以。你根本用不着一根接一根地抽闷烟。我们有的是话可说。随便扯个话头都能引出一大堆来。明明平素少言寡语，有所谓大家闺秀的风范，再加上身高腿长，每一个动作都那么雍容娴静，给人一个难以磨灭的淑女的错觉，所以你事先绝对想象不到在床上她会那样地疯狂，更想象不到在床上她又是那样地善谈，简直有点喋喋不休了。她摘掉眼镜之后，那双不大的眼睛显得很不得劲，有点像盲人，但她却能准确地把一颗烟塞进你唇间而不是鼻孔里，给你点上火，你也不用害怕她会烧着你的眉毛胡子。当然了，我压根儿就没留胡子。明明聪明绝顶，又能毫无保留地把这种聪明表现出来，这是她的可爱之处。普通的聪明女孩总是有所保留，摆出一副笑而不答的自以为是的高深莫测的状态，拒人于千里之外。明明可不这样，她毫无保留，又能够驾驭全局，像个象棋高手。而且还是国际象棋的高手。我之所以这样联想，是觉得她的长相和一个漂亮的女冠军有某些相像之处，至少都有着白皙的皮肤。而中国象棋总让我想到那些蹲在街头上的老头，一盘棋能跑墙根底下尿好几回，输了还懒人家动他的子儿了（也许就是动了），很不舒服。所以，我想，她既然是棋手，就一定下国际象棋。

"来一盘国际象棋？"我说。

"我只会下五子儿，我们下五子儿。我先走！"

首届巧克力杯世界男女混合裸体五子儿棋大赛在我那张你说是单人床它还有点大你说是双人床它又有点小的自搭木板床上正式举行了。一盘定胜负。赢者可当即把对方的棋子吃掉。棋子是五块有糖衣的巧克力和五块去掉了一半糖衣的巧克力。等到我这边就剩下两个子的时候，我宣布投降。她不允许，说按规则必须斩尽杀绝。结果我一块巧克力也没进嘴。她曾经问过我，"你女朋友呢？"我告诉她我们刚刚分手。她说，"我男朋友在北京。我们是大学同学。""比我的大？""真讨厌！跟你说正经的，我挺爱他的。"

现在我想了起来，明明的男朋友叫钱壮壮，在北京"有事业"。听明明说，基础打得已差不多，就等着成功然后接她去北京结婚了。今天在电话里，明明说她男朋友要来，就是说钱壮壮要来。而我此刻去她楼下，没有别的意思，把她叫出来，搁下句话，"我不当作家了"，转身就走。不会影响她等钱壮壮。

可是明明的家我却找不到了。她家我来过一次，楼前有一酒楼，名叫别再来，很好记的。找到别再来就找到了明明家。可是，我转了好几圈也没有找到别再来。

“同志，同志。先生，先生，您迷路了吗？您要去哪儿，我能帮助到您吗？”活雷锋正是车上吵架的那老头。他怎么出现了？原以为他早离开了呢。我这才看清楚，老头其实并不老，顶多也就六十吧，说他九十一百那是我走眼了。他半身不遂，说话不怎么利索，给人以很老的印象，现在走路活动开了身子骨，显得年轻多了。我说我找别再来。我点上颗烟，慢慢抽着，烟抽了一小截，老头说，“你找别再来干什么？”听他这样说话，我把烟扔到地上，扭头就走。老头斜着身子追上来，他一蹿一蹿的走路姿势跟跑步一样快。他扯住我的衣袖，半天，说，“先生，对不起，同志，这回我不卖关子了，你也别打断我，听我一口气把话说完。我是辆有病的摩托，熄了火很麻烦。你往这儿看，玫瑰苑桑拿，看到了吧，它就是别再来。饭店不赚钱，就改了桑拿。不过我洗桑拿不在这儿洗，我在寻芳池洗的，倒两遍车呢，那是我的老地方。你还想问什么，最好都攒一块儿了，这样节约时间。我就不用启动了。”老头用他那条瘸腿模拟了两下踹摩托车的动作，差点儿摔倒。我没有理睬他。

我给明明打手机，我说我已经来到了她家楼下，要她出来一下，说说那件事，“就一分钟。甚至都用不了！”

　　"你在楼下？别胡闹了！"明明稍稍有些失态。"他来了！昨晚就来了。我说谎。他在厨房呢！我不能下去。你说吧，什么事，在电话里说吧。真较劲啊你，快说呀！"我说，"就是我不再想当作家了。我不当了。""什么？""从现在开始我就不当了。""不当什么？""不当作家了。""噢，就这事？你本来也不是哦，拜拜。"

　　"你给明明打电话？"老头说。他还没走呢。我正不开心着呢，"去去，关你什么事呀！"老头扯住我，张着嘴等着，终于说，"怎么不关我事，我是明明的爸爸呀。亲爸爸呀！她唯一的爸爸呀！不过你别害怕，让我一口气说完，不然你又要弃我而去了，我不会干涉你们的事。嘿嘿，你可别说你们没什么事呀，我眼可毒着呢！我虽然老家伙了，但我很开明的。我也打年轻过来的么。我刚才听你说你不再当作家了，什么意思，年轻人，受了点挫折就不想干了？这可不行！我年轻的时候也想当作家来着，曾发誓要写出一部中国式的《钢铁是怎样炼成的》，有很多段爱情穿插其中。年轻时忙着抓革命促生产，一直没动笔。现在清闲了，可以动笔了，但那种感觉却不见了。奇怪得很，怎么找也没找着。但我决不轻言放弃，我另起炉灶，正酝酿一部史诗型的长篇呢，白天思，晚上想，再有个两三年就可以动笔了。你放心，这回我一定要逮住，不能让它再跑了。说真的，认识你我太高兴了，你不知道我有多高兴。我跟许多著名作家通过信，我还有他们的电话号码呢，不过，现实生活中，我一个作家也不认识，恰巧遇到了你，缘分呀缘分！我要是快走一步也就不会听到你给明明打电话了。我说早上起来左眼跳个不停，敢情全是为了让我结识一作家呀，所以，我郑重地请你把你刚才的话收回。当作家，你一定要当作家，我们都要当作家。"老头唰地从兜里掏出一手机，接通后放到我的耳朵上，"收回，把你刚才的话收回，快。"

我说，"明明吗？我，我——"老头直扯我的袖子，促使我果断些。他用另一只手的指关节狠顶我的腰。我说，"明明，我又考虑了考虑，还是当吧。"没等明明说什么，老头啪地关了。他手舞足蹈地狂欢了一番，"这就对了么！走，上我家，我们喝一壶。庆祝一下。"

老头早在上楼前就提前把嘴张开，一进门正好喊了出来，"开席，开席，欢迎我新结识的作家朋友光临寒舍！"

席间，钱壮壮问我，"出过几本书了？"

我有些难为情，"还，还，不着急，不着急。"老头接过去，"人家是个对自己要求很严格的作家，跟我一样严。基本上还没出手。出手了，哈哈，就会要人命的！"老头喝下两杯酒，嘴皮子就能够跟上趟，可以完成正常的对话了。明明给我拣了两只带籽的母虾爬，她知道我爱吃这口。她爸爸朝她直挤眉弄眼，仿佛在说"好哇，不给我拣"。明明又给钱壮壮的盘里拣了一只螃蟹，然后自顾自地啃起来，还真就没给她爸爸拣。钱壮壮温柔地摸了一下明明的手，"作家最需要的是作品的销量。而销量除了作品本身的因素外，还需要很多诸如推广了包装了时机了之类的操作。你们就写吧，我虽然不做这个，但我在出版界有朋友，自家人，好商量，好商量。"老头听了并不怎么兴奋，而且还似乎有些抵触，他说，"别瞎泡了！你还说你杂志社有朋友，又怎么样呢？我小试牛刀写的那个中篇，给你已一年多了，哪见个踪影？我们谁也不靠，我们就靠我们自己手中的这支笔。"他举起了手中的那双筷子，悬着不动足足有两分钟。明明不高兴了，她说，"爸爸，你那个中篇我看了，没觉得写得有什么特别。再说，壮壮不是告诉你别急，让你再等等么。这种人情稿多了去了。"钱壮壮向老岳父微微一笑，"耐心等等，后年八月吧，夏主编退休，胡编辑升主编，胡编辑是我纯铁子，您送一篇他发一篇，只怕您累着呢。"老头说，"累什么累，我不累，有了稿费我雇一女秘书。"钱壮壮说，"你就是雇俩女秘书我们也没意见。但现在不行。只有等。您一定要认清形势，除去约稿，发稿子的作家有一半都是编辑。你发我的，我发你的。像您这种老菜鸟，行将就木，既没发现的价值又没有利用的价值，谁爱搭理您呀？"老头把筷子往桌子上一摔，"你骂我什么？没大没小，无法无天！我告诉你，我一点都不老，青春是一种心境，不是年龄。"明明赶快说，"爸爸，老菜鸟是电脑方面的一个术语，不算骂人。"老头说，"也不什么好话，等两天我买台电脑查查，要是你小

子挤对我，哈哈，到时候可别说我莎某人不义呀！"这莎
某人并非姓莎，而是他的笔名叫莎莎。莎莎起身去卫生间
小解去了。

　　明明捧过钱壮壮的脸蛋，亲了一下，"别生气宝贝，
不是一天两天了。就把他当小孩得了。"亲的时候还瞟了
我一眼，仿佛我就是那小孩。钱壮壮笑笑，"生谁气呀我？
你以为我也有病呀？"他转向我，"别介意，我老岳父自
从得了脑血栓，就这德行。"明明说，"自从我妈去世之后
他就这德行了。"这时莎莎回来了，他指指明明，指指钱
壮壮，"你们说我什么了？从实招来！"明明说，"爸，看
你，我们什么也没说，不信你问你朋友。"老头不依不饶，
"不对，你们一定说我的坏话了。要不就说你妈了。一定
说你妈了是不是？"莎莎转向我，"我要在我的那部巨著
中大书特书一下我的爱妻。她既是我的妻子，又是我的战
友，同时还是我的情人。因为，除了她，我的生活中没有
别的女人。声明一下啊，不是因为没有机会，恰恰相反，
我在单位当领导那会儿，多少爱进步爱表现的女同志投怀
送抱呀！都被我给严词拒绝了。"他又转向明明，"孩子，
你不要不相信，我爱你妈妈。我知道女人都很轻浮，但你
妈妈不，她身体不好，失去了物质条件。可别的女人身体
好呀，她们——不说了，等我写出来看吧——但不管怎么
样，到了我这儿，都统统被我拒绝掉了。关于女人轻浮这
一点，我会好好写一写，我要写出她们轻浮本性的多个层

面来。"明明说，"那你就赶快写吧，还等什么？"莎莎说，"等待整体的到来！局部细节已经来了，但整体还得等。这书出来，没跑一部巨著。"钱壮壮起身，"你们聊，你们聊，我看看汤好了没有。"明明说，"我也去。"钱壮壮拦着，"不用，不用，你陪两位作家老师聊着。"明明还是跟着去了。

莎莎对我说，"哼，讽刺我们，别以为我听不出来。他妈的生意人就是势利，哪懂得文学这等崇高之事。不过，说实话，我这女婿在投机钻营上自有他的一套。明明跟着他，倒也饿不着。"他突然压低声音，"刚才他们没说我坏话吧？这两个小兔崽子，防不胜防呀！"我说，"没有。说到你那篇中篇小说了，觉得还有修改的余地。"莎莎说，"都修改了好几遍了，还改？改他妈了个鸡巴，不改，我不改了，爱发不发，不发拉倒。等等，我再上趟厕所。回来我们讨论一下你那篇写不下去的小说，兴许对你能有所帮助。咋整的！坏肚子！"

我，明明，钱壮壮，三个人在喝汤的时候聊起了莎莎的那个中篇小说。当个作家还是很幸福的么，那边拉着稀，这边有人围着饭桌讨论他的小说。小说讲述一个刚刚退休的老干部，在第一次洗桑拿（这之前他一直在单位的澡堂子里洗澡，不脱离群众么）的时候遇到了一个小姐。吃惊和愤怒之余，老干部便主动对小姐展开了一番政治思想工作，教育小姐悔过自新重新做人。他觉得，帮助失足小姐，是一个老同志不可推卸的责任和义务。小姐以为他精神不正常，但老干部并不灰心，一趟不行就两趟，两趟不行就三趟，后来几乎住在了桑拿里。为了更好更快地挽救失足少女，他还把她领到了跟她生长的地方类似的，一个民风淳朴环境优美的乡村，以唤回她的纯真本性。当然，每一次都要付包天和出台费的。这其间，因为钱他跟老伴发生了几次冲突，但在老干部的诚恳说服下，老伴还是义无反顾地拿出了剩下的一半积蓄以示支持。最终，老干部的举动感化了小姐，她痛哭流涕，幡然悔悟，趴到老干部的怀里叫了声"爹地"。并在老干部的指示下，再次潜入淫窟，取得证据，配合公安部门将这个卖淫团伙一网打尽。钱壮壮说，"桑拿那段描写得非常逼真，见功力。"明明说，"怎么就桑拿那段见功力，你什么意思？"钱壮壮说，"夸莎莎呢。我发现当作家挺好玩的，可以把现实和幻想混起来玩，真不错。赶明儿我闲下来了，也写一小说。"明明说，"不会也写桑拿小姐的吧？"钱壮壮说，"我的女主角是一影视演员，电影学院还没毕业呢。白天上课学习，晚上傍大款，吸大麻。"钱壮壮突然改口了，"我只是说说而已，没真正考虑过。不过，对小说我也有一些心得，就拿莎莎的那篇中篇来说吧，要我写我就不会像他那样。"我说，"你怎样写呢？"钱壮壮说，"首先那老干部不可能是第一次洗桑拿，他要是第一次洗桑拿还算哪一门子老干部呢？做小姐的思想工作，人家不骂他个狗血喷头才怪呢！"明明说，"骂他？小姐才不会那么傻来！要叫我——写，我就写那小姐顺水推舟假意应奉，一把鼻涕一把泪，编几个有病老母残疾老爸什么的故事出来，骗得老干部的同情，最后连偷带摸还带抢，把老干部搞得个人钱两空身败名裂。谁叫他老不正经的来。"

"不能说是老不正经吧，生理感情双重需要。老年人就不是人了？得允许他们嫖么。北欧有的国家，不但娼妓合法，知道老年人腿脚不灵便，还专增设了上门服务呢。""说得好。听说有个获诺贝尔奖的外国作家在授奖辞中还连连说谢谢小姐谢谢小姐呢。抛开这些不谈，索性就写老干部的嫖。第一次嫖。嫖的心理和过程。题目不妨就叫'某某某一生中的两次撒谎'。""两次撒谎是怎么回事？""说这老干部一生仅撒过两次大谎。第一次他参加革命，当兵，把十六的年龄虚报成了十八。这事他一直引以自豪。第二次在桑拿房里，当小姐问他有多大时，他竟然吞吞吐吐地说他五十出头，还心虚地问小姐他是不是看起来长得很老相。回去后他把刮胡刀片换了个新的，不小心刮出了好几道血口子。""嘻，你这个有意思，但套路了。我也来一个。是这样，小说一开头就制造一悬念，老头打炮时心脏病发作猝死在炮房，小姐就把老干部的尸体藏了起来。""成了凶杀侦探片了，不如这样，那小姐有严重的恋父情结，竟然和老干部产生了感情。上演了一出忘年生死恋。发展到老干部回家闹离婚——"

　　　　　　　　　　　大胆使用了绿色

　　钱壮壮打断，"不可能，找没找过小姐呀？她能爱上一六十多岁的老头？这不笑话么。"明明瞪他一眼，"你找过小姐行了吧。懂个屁！就这样才有卖点来。要不这样吧，老干部在嫖娼的时候被民警给抓起来了，带到派出所审问。这些民警当中恰巧就有老干部的儿子。更奇的是，在审的过程中，那小姐把老干部的儿子也供出来了。"钱壮壮说，"哈哈，这个好，父子双雄会。别忘了写上老干部在性取向上与众不同——"我说，"引进的人物太多了吧？莎莎的原著中并没有一儿子。是这样的，老干部经历那一次之后，最惊叹最难忘的不是小姐的胴体，而是那小姐的收入。这钱来得也太容易了。回去后，他动了介绍自己的女儿入行的念头。经过一番自我折磨他终于鼓足勇气开口，不料想女儿比他有远见，干这一行早已干了一年多了。"明明说，"嘻嘻，纯属胡说，老干部又不缺钱花，能动员自己女儿当鸡？"钱壮壮说，"能是能。但不典型。会不会是这样呢，那老干部是一贪污腐化分子，退休后财路断了，就准备把他贪污收贿的钱进行再投资。干什么好呢？正苦恼着，遇上了桑拿的那位小姐，一聊，茅塞顿开，开桑拿呀！"大家哈哈大笑。我说，"来一个伤感一点的。老干部在和那小姐事后聊天时惊讶地发现，她原来是他一战友的女儿，父亲下岗，母亲有病。老干部的脑海里动情地回忆起了他和他的战友当年在部队的战斗友谊。他叫王小义他叫买买提，哥儿俩都是十八岁个头差不离哎个头差不离——他多给了小姐一份小费。他答应那小姐再来，但他最终没有再去。他不想破了他定下的规矩：小姐不管多漂亮只找一回。"钱壮壮说，"不错不错。看这个，受你的启发，但老干部从小姐那儿得知的不是她是他战友的女儿，而是他自己失散多年的女儿。他——"明明摆手，她满脸通红，"得得得，打住，也不处在战争年代，哪来的什么失散呀？"钱壮壮说，"和平年代有和平年代的悲欢离合，和平年代照样有突发事件，比如百年一遇的洪水了煤矿坍塌了电影院大火了什么的，那次离散是在一次特大洪水之时，老干部参加抗洪抢险，把女儿放在家里，等他回到家，女儿就不见了。后来——"明明说，"别恶心了，行不行呀？"她做打他状。这时厕所里的莎莎喊着卫生纸不够用了，点名要钱壮壮给他送卫生纸。钱壮壮趁机躲着离开了。

客厅里只剩下了明明和我。

明明用两根手指捻着一只虾爬，伸到我面前，一撒手，吧嗒，掉到盘子里。然后意味深长地对我说，"来了！"一开始我还没明白，以为她说我来了还是怎么着。但稍后我就迅速反应过来了，她是说她的大姨妈来了。这是在向我报喜，让我放心，她没有怀孕，她的月经又如期而至了。我从她的表情上还看出来，明明的报喜还有着另一层意义。她想告诉我，她并没有和钱壮壮做。但我不愿意领这个情。倒不是我生气她会用其他的方式去满足他。我没这么想。

因为我感到我已经超凡脱俗，成为一很大很大的作家了！
往往就是这样，不知不觉间，就高出去多少个层次了。

　　明明说，"听见了没？来了！"我点点头，"什么时
候来的？"其实我并没打算这么问她。她说，"昨天下午，
他一下飞机，我就来了。他气坏了！他说，成心跟他作对
么这不是。"我说，"那你为什么骗我说他今天到？"我也
没打算问她这个。明明说，"我不知道，担心你会不高兴
吧。我说不清楚。反正以后我再不跟你撒谎了。原谅我吧，
还有，还有那一件。"我愣了，"哪一件？"明明说，"莎
莎没告诉你么？我也是个作家。"我说，"啊！你也是作
家？"明明说，"小点声，想吓死一个半个的怎么着？这
事我谁都没说过。钱壮壮和莎莎都没说过。我还以为莎莎
已经察觉出来了呢！我十四岁就在《萌芽》上发过一个小
说。当时我并没对我爸我妈说。那小说不好，也没什么好
说的。后来我又写了一个，讲一个小女孩，她的爸爸妈妈
老是吵架，她很害怕。这一天，他们又吵了，吵得天翻地
覆。她躲进了卫生间。在卫生间里，更可怕的事情发生了，
她的初潮来了。此时，妈妈已负气出走，只有爸爸在家喝
闷酒。她就把自己关在厕所里关了一天一夜。任她爸爸叫
门也不开……写完了我把它投出去，编辑老师把它狠批了
一顿。以后我也就再没写。今天，我突然又想把它重新写
出来。"这时钱壮壮从厕所里走了过来，满面红光，笑容
可掬，"站累了，拿个板凳进去坐着，我们聊文学聊得满

投机的呢。你们呢？"他搬了个小凳，找了两片黄连素，端着杯水，进了卫生间。

我说，"噢，以后得经常过来了。我要跟莎老师聊文学呀。"明明莞尔一笑，目光迷离，"别瞎说。"我说，"没有瞎说，我会在你上班的时候来。莎老师把我挽救回了文学的道路上，我有好多文学上的新发现要和莎老师说说。就是刚才，钱老师给莎老师送纸的当儿，我突然明白文学是怎么一回子事了。""文学是怎么一回子事？""明明你别这样，别这样嘲讽我，我承认你也是作家行了吧？请听我说完，听完了你就不会再嘲讽我了。告诉你吧，文学是这么一回子事，从一个字开始，在这个字之前，一无所有。没有画面，没有声音，没有使你脑袋酸酸的东西。有了这一个字，就有了开始，以后你就在这个字的后面加字就行。加一个字，加一个字，直到够了，不需要再加了。请注意，是从一个字开始，而不是像我原先以为的，从脑子里的一幅画开始，把那幅画翻译成字。或从一种声音开始，把那声音用文字记录下来。那都不对。那些在我脑海中翻腾的图像了声音了都不属于文学，再怎么琢磨它们也没有用。但当你写下一个字，它就开始了。不是把灵感变成文字，而是灵感从字开始产生。感谢跑肚拉稀的莎老师，他使我顿开茅塞。明老师，你觉得呢？"突然从卫生间传来莎莎一阵叫骂声，紧接着就是硬物砸在人头骨上的声响。明明顾不得回答我，慌忙站起身，"不好，莎莎打壮壮了！"

我们跑过去把他们拉开，钱壮壮的头已经被打出血。我夺下莎莎手上的板凳，明明哭着把钱壮壮搀扶到了里屋，关上了门。没等我开口问莎莎为什么，莎莎喘着粗气跟我说，"他说他也要当作家。这不是对咱们的污辱，对作家这一神圣名称的亵渎吗？气煞我也，哼，他也要当作家！就他！"莎莎的手指头冲着地板乱点，仿佛所说的那人已钻到了地板底下，"也敢说要当作家！唉唷，他也要当作家？"说着说着又冲到明明的卧室门前，使劲踹着门，"我叫你当作家！我叫你当作家！"又转向到厨房，拎了把菜刀冲出来，"来来来，你小无赖给我出来，我穿你个三刀六洞，你不是要当作家吗？我先送你个笔名，三刀六洞。开门！开门！"

我赶紧夺下莎莎手中的菜刀，把他拖拽到沙发上。莎莎干张嘴说不出话来，真是气得不轻。过了一会儿，明老师搀着钱老师从屋里出来。钱老师头上缠着绷带，一只眼睛都紫了。明老师的声音有些发抖，显然已是忍无可忍了，她质问莎莎道，"我们就怎么不能当作家？凭什么不让我们当作家？这年头是个人就能当作家，"她四周看了一圈，一指我，"连他都能当作家，我们凭什么就不能当作家？再说了，不让当就不让当呗，看你把他打的，本来长得就丑点胖点，再落下个残疾，那都成了什么了？上一回你为了中东的巴勒斯坦人把他的鼻梁打断我还没跟你算账，这回——"她哽咽住。莎莎面红耳赤，一个高从沙发上跳起，过了好一阵子才说出来，"好好好，你偏向他，我不跟你说了！"捂着肚子跑进卫生间。大概是酒劲已消，他又恢复了说话迟顿的老毛病。半天才听见他在门里头说，"我不跟你们讲，我讲不过你们。我要把这事写进我的巨著里，写进文学史，我要让你们遗臭万年。哈。你们倒霉了。"

我告辞的时候，莎莎还在卫生间里。明明搀扶着钱壮壮送我到门口。我不让他送，他偏要送。他有话要跟我说。因为缠了绷带，钱壮壮说起话来有些费劲，他告诉我说，"已经策划得差不多了，回北京就着手实施，我准备出一作品合集，选我们四人的小说，每人一篇。我不跟莎老师计较。集子的名字我都想好了。就叫'四人帮小说四篇'。你要是没意见，改天送合同过来你签上。"一旁的明明眼睛红红，双手紧搂着钱壮壮的胳臂。

往回走的公共汽车上，巧不巧死了，我又遇上了曾跟莎老师干架的老太太。她在看一本书，时不时用手中的红铅笔做着眉批，看到会心处，就合上书，仰起头，露出略带羞涩的微笑。正是她第二次仰天微笑的时候，我认出来她，微微一惊的同时，也看到了那书的名字，"四人帮小说四篇"。作者莎莎，钱壮壮，明明，看见了。"看见了"是我的网名。书的封皮很花哨。虐恋、乱伦、小姐、大麻这几个大字搞得特别醒目。还配了几幅性感照片。其中一幅是一个大白屁股的女人跪在撒满麻将牌的地上，女人脖项上套着个拴狗项圈，被一只黑手套牵着。"乱伦"的两个大字下面有一溜小字：那父亲终于忍无可忍了，用酒瓶子打断了女儿男朋友的鼻梁儿，说是为了巴勒斯坦人。我再想细看时，老太太把书翻过去了。我要移开视线，她却冲我一笑，说，"朋友，感兴趣吗？下车找地方坐坐，咱们聊聊文学？实不相瞒，我也是一作家呀，这书的序言就是我写的。"

　　天哪，我这才看清楚，她哪里是什么九十岁老太太，顶多四十岁。二十岁也有可能。不是满口没牙，而是笑不露齿。诱人得很呢。

后 记

　　因为写作总量有限，品质参差不齐，以至编选过程中捉襟见肘，不得不夹杂些毛坯货和早期作品，希望谅解。

　　本人相对满意二〇〇三年到二〇〇七年的短篇，当时贴到韩东的"他们"，得到了论坛朋友的慷慨鼓励。那种因同道赏识而产生的愉悦和感激，至今犹在。

　　正是那段时间的创作，构成本书的骨干。

　　就我的小说而言，思想、主题尚不够清晰有力，只在结构、形式方面有一些想法，力争凝练精巧、变化多姿。关键学会了往角色上倾注——热烈而有节制地倾注——发自肺腑的情感。这算一点儿心得。

二〇一五年二月五日

增订版后记

　　在《一定要给你个惊喜》修订基础上，增加了十篇小说，近三万字内容。其中旧作四篇，新作六篇。新作是今年写的。

二〇二二年十一月二十九日

图书在版编目（CIP）数据

大胆使用了绿色 / 谈波著 . -- 上海：上海三联书店，2023.10
ISBN 978-7-5426-8174-4

Ⅰ.①大… Ⅱ.①谈… Ⅲ.①短篇小说—小说集—中国—当代 Ⅳ.① I247.7

中国国家版本馆 CIP 数据核字 (2023) 第 131610 号

大胆使用了绿色

谈波 著

责任编辑 / 宋寅悦
特约编辑 / 黄盼盼
封面设计 / 陆智昌
内文制作 / 陈基胜
责任校对 / 王凌霄
责任印制 / 姚　军

出版发行 / 上海三联书店
　　　　　（200030）上海市漕溪北路331号A座6楼
邮购电话 / 021-22895540
印　　刷 / 山东韵杰文化科技有限公司

版　　次 / 2023 年 10 月第 1 版
印　　次 / 2023 年 10 月第 1 次印刷
开　　本 / 850mm×1168mm　1/32
字　　数 / 182千字
印　　张 / 9.875
书　　号 / ISBN　978-7-5426-8174-4/ I · 1819
定　　价 / 65.00元

如发现印装质量问题，影响阅读，请与印刷厂联系：0533-8510898